KB160838

남명과 지리산 유람

이 책은 2012년도 경상남도 지원금에 의해 개발되었음

경상대학교 남명학연구소

남명학교양총서 22

남명과 지리산 유람

글 강정화 | 삽화 황정빈

景仁文化社

목 차

Ⅲ. 지리산 청학동에 남은 남명의 흔적들

Ⅳ. 남명 유람의 이모저모

부 록

책머리에

지리산은 '남명南冥의 산'이라 일컬어진다. 그만큼 지리산에는 남명의 흔적이 많이 남아 있다. 남명은 젊어서부터 지리산을 여러 차례 유람하였고, 그것도 성에 차지 않아 노년에는 아예 지리산으로 들어가 그곳에서 일생을 마쳤다. 그럼에도 불구하고 지리산과 관련한 남명의 유람 기록은 「유두류록」 한 편 뿐이다.

근년에 '지리산'이 학계의 주목을 받으면서 남명의 지리산도 세간의 관심을 받았다. 그래서 남명 및 남명의 지리산과 관련한 글들이 쏟아져 나와 제법 강을 이루어 가고 있다. 필자의 이 글은 그 강물 위에 물방울 하나를 더 보태는 격인지도 모르겠다. 그럼에도 굳이 이 글을 세상에 내놓는 것은 두 가지 목적에서 연유한다.

남명은 만년에 지리산 기슭 덕산德山에 들어와 일생을 마쳤다. 이후 남명과 지리산은 마치 하나의 세트SET 상품처럼 늘 붙여 거론되고 있다. 그만큼 둘은 불가분의 관계임이

자명하다. 때문에 학자들도 이 둘의 관계에 치중하여 많은 글들을 쏟아내었다.

그런데 그 많은 글들은 대개 남명의 학문이나 시대정신을 표상하기 위한 대상으로서 주로 학술적 차원에서 거론되는 것이 일반적이다. 다시 말해 남명과 지리산은 많은 조명을 받고 있음에도 정작 일반인을 위한 쉬운 글쓰기는 이루어지지 않았다. 남명은 지리산에 유람을 갔는데도 말이다.

남명의 지리산 유람은 이후 후학들의 지리산 유람의 전범典範이 되어 수백 년 동안 지리산 유람록에 언급되고 있으며, 현재까지도 수많은 지리산 마니아mania들에게 회자되고 있다. 많은 사람들이 그가 걸었던 그 길을 따라 걸으며 그의 생각과 감회에 공감하고, 지리산에 남아있는 그의 흔적을 찾으려 애쓴다. 그렇지만 이를 위한 안내서도 가이드guider도 없는 것이 또한 작금의 실정이다. 따라서 이 글은 책을 펼치는 순간 마치 남명과 함께 그곳에 서 있는 듯한 느낌이 들도록 만들려 노력하였다. 그와 함께 지리산을 찾아 그 길을 다시 걸어보는 것처럼 말이다. 학술대회장에서 만난 엄정嚴正하기만한 남명이 아니라, 유람 온 남명을 만나는 것, 이것이 첫 번째 목적이다.

이 책은 경상대학교 남명학연구소가 기획시리즈로 출간하는 〈남명학교양총서〉로 세상에 나온다. 이 시리즈는 '교양'이라는 말에서도 알 수 있듯, 전문학자 위주의 무겁고 딱딱한 연구 성과를 일반인도 쉽게 이해하고 즐길 수 있도록 하기 위한 목적에서 기획되었고, 남명의 한시 등 다양한 분야에서 벌써 스무 책이 출간되었다.

그리고 필자는 수년 간 이 책의 출간 일을 맡아 진행하였다. 교양서는 재미와 유익함이란 두 가지 키워드를 다 만족해야 하는데, 그 간의 교양총서는 이러한 본래의 목적에서 너무나 멀리 벗어나 있었던 것이 사실이다. 많이 안타까웠다. 이 책은 그렇게 멀리 벗어난 그 길을 에돌아서라도 원점으로 되돌려보려는 작은 바람에서 집필되었다. 이것이 두 번째 목적이다.

그럼에도 불구하고 언제나 그렇듯, 이 두 가지 목적에 근접하지 못했음은 분명하다. 필자 역시 그 동안 학술 형태의 글만 써오던 터라 이런 글쓰기에 워낙 서툴다 보니, 본래의 의도와는 다르게 글이 점점 샛길로 빠지고 만 듯한 느낌을 지울 수 없다. 예리한 독자라면 본문 속 사진이나 삽화들이 이러한 부족함을 메우려는 필자의 고심이 담긴 흔적임을 이미 간파했을 것이다. 이는 필자의 절박한 마음의 또 다른 표출이기도 하다. 독자의 넉넉한 이해를 바랄 뿐이다.

2013년 3월 적후당積厚堂에서 강정화가 쓰다

I 명인과 명산의 만남, 남명과 지리산

유람을 나서기 좋은 곳, 진주

천 년의 고도古都로 일컬어지는 경상남도 진주晋州. 필자는 그곳에서 살고 있다. 인근 산청에서 유년 시절을 보냈고, 진주에서 생활한 지도 벌써 25년이 넘었으니 또 하나의 고향이라 해도 무색할 것이 없다. 진주를 중심으로 인근 지역인 산청·함양·하동·남해·합천 등지에 수많은 역사 유적이 포진해 있다. 대학에서 한문학漢文學을 공부하면서 자연스레 내가 살고 있는 이 지역에 관심을 갖게 되었고, 시간이 지나면서 지역과 소통할 기회도 많아졌다. 그런 기회들이 많아질수록 정작 지역민의 한 사람으로서 내가 발 딛고 있는 지역에 대해 무지했던 자신을 발견하면서, 내심 부끄러워했던 순간도 적지 않았다.

그래서 내가 살고 있는 지역과 그 주변을 찾아 나서기 시

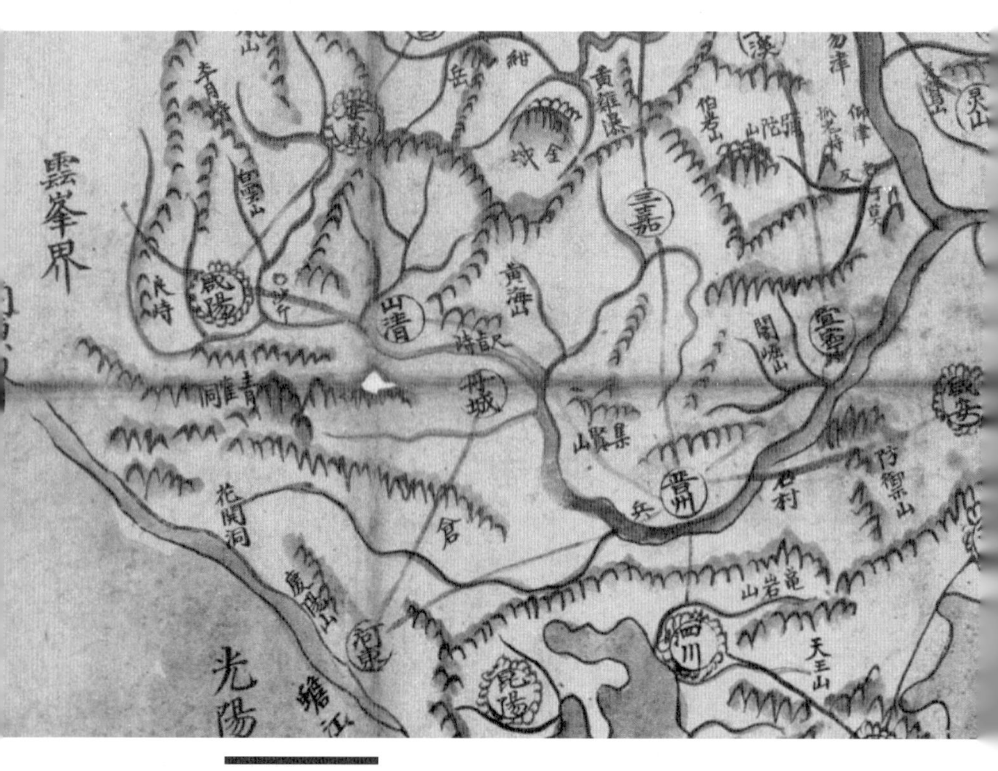

팔도지도(경상도)

작했고, 그러면서 알게 되었다. 진주가 사통팔달의 교통 요충지이며, 유람을 떠나기 딱 좋은 출발지라는 것을. 진주에서 동서남북 어느 방향으로 길을 나서더라도 두어 시간 거리 내에서 이름난 산과 바다를 만날 수 있다. 산과 바다와 강을 한 번에 만나는 유람이 가능한 곳이다.

진주에서 반시간 남짓 북서쪽으로 달려가면 환아정換鵝亭[1950년 소실]과 경호강鏡湖江의 절경이 만나는 산청이 있고, 산청에서 반시간을 더 위쪽으로 곧장 달리면 일두一蠹 정여창鄭汝昌(1450~1504)의 고장이자 고운孤雲 최치원崔致遠의 역사가 서린 함양과 만난다. 또 진주에서 북쪽으로 두어 시간을 달려가면 합천 해인사海印寺를 비롯하여 가야산국립공원과 만난다. 한편 남쪽으로 두어 시간 거리 내에는 천수보살로 유명한 보리암菩提庵과 남해의 절경을 볼 수 있는 금산錦山과 만난다. 금산에 이르기까지 사방에 펼쳐진 남해는 수천 년의 역사 속 인간 삶이 뒤엉킨 전장戰場이었고, 그 속에 묻힌 무수한 삶의 흔적들이 지금도 푸른 빛깔의 물결로 우리에게 다가온다. 그뿐인가. 진주에서 남서쪽으로 한 시간 남짓의 거리에는 생태학의 보고寶庫인 순천만, 옛 민간생활의 모습을 보존하고 있는 낙안읍성, 그리고 천 년의 고찰 선암사仙巖寺가 반긴다. 무엇보다 서쪽으로는 지리산과 섬진강의 역사가 어우러진 악양岳陽과 하동河東이 인접해 있다.

이뿐만이 아니다. 이들 명산과 바다와 강을 찾아가는 도중에는 또 얼마나 많은 역사 유적이 서려 있는가. 입으로 읊어내는 것만으로도 숨이 차오를 만큼 많은 유적이 포진하고 있다. 진주를 비롯한 인근 지역은 역대로 산천의 경관이 수려했고, 빼어난 인물이 많았으며, 굵직한 역사적 사건도 많았던 곳이다. 발길 닿는 어느 지점인들 허투루 지나칠 곳이 없다.

그래서 내가 살고 있는 진주를 중심으로 두어 시간 거리 내에 있는 지역에 대해서는, 시군 단위만이라도 훑어보아야겠다는 생각으로 기회가 있을 때마다 부지런히 돌아다녔다. 대개 하루 일정이면 목적했던 곳을 둘러보고, 저녁이면 돌아와 되새김을 할 수 있었다. 진주는 그처럼 떠나기에 좋은 곳이다. 돌아오기에도 더없이 좋은 곳임은 두말 할 것이 없다.

지리산과의 운명적 만남

잠시 필자와 지리산과의 인연을 언급하고 넘어가야겠다. 십여 년도 훨씬 전인 1999년 어느 봄날 한 통의 전화를 받았다. 평소 아껴주시던 경상대학교 한문학과의 최석기 교수님이었다. 강독을 시작할테니 참석하라는 통보였다. 약속한 날짜에 선생님의 연구실에 나가니, 석사학위를 받은 동기 몇몇이 함께 있었다. 벗들을 보는 순간 나는 선생님의

지리산유람록

마음을 짐작하고도 남음이 있었다. 석사학위까지 마치고도 자리를 잡지 못한 제자들이 못내 눈에 밟혔던 것이다. 그래서 불렀다고 하셨다. 우선 우리가 발 딛고 있는 우리 지역의 자료를 찾아 번역하는 일부터 시작해 보자고 하셨다. 그렇게 시작한 것이 '지리산 유람록智異山遊覽錄'이었다.

한문으로 된 지리산 유람록을 모두 발굴해서 완역完譯하는 것을 목표로, 우선 명문名文이라 할 작품들을 선별하여 출간하기로 계획하고, 선생님을 포함한 다섯 사람이 매주 주말과 휴일에 만나 강독과 윤문 작업을 하였다. 그러기를 1년 여 만에 원고를 완성하였고, 출판사와의 여러 사정으로 인해 한 책만을 출간하게 되었다. 그것이 2000년에 출간한『선인들의 지리산 유람』(돌베개)이다. 출간 자축 모임을 할 때 선생님께서는 특별히 제자들의 배우자를 그 자리에 초빙하셨다. 그리고는 말씀하셨다. 그동안 주말과 휴일을 모두 반납해줘서 고맙고, 앞으로도 반납해 줄 것을 부탁하며 미안하다는 말씀도 잊지 않으셨다.

사실 지금에서야 고백하지만, 그때는 한문 원전의 번역에 치중할 뿐 정작 지리산에는 관심이 별로 없었다. 선생님께서야 워낙 지리산을 좋아하고, 진주를 중심으로 하는 지리산 등산마니아mania들과 주말마다 천왕봉天王峰을 오르기를 수없이 하는 진정한 산꾼이었지만, 나를 포함한 강독회원들은 책상에 앉아서 지리산을 오르고 있었다. 말 그대로 와유臥遊를 하고 있었던 것이다. 그러니 법계사法界寺 위쪽의 그 험한 깔딱고개를 오르면서도 숨을 헐떡이지 않았고, 청학동 불일폭포의 그 비경秘境에도 신응동神凝洞의 그 아름다운 절경에도 그다지 마음의 울림과 감동이 없었다. 그러니 흥미와 관심이 지속될 리 있었겠는가.

그 후 7년 남짓 지리산을 잊고 살았다. 그 사이 책상을 벗어나 서너 차례 지리산을 찾아 오르기도 했지만, 지리산은 그저 그곳에 있는 높고 깊은 산일뿐이었다. 그러던 중 2007년 여름, 나는 지리산과 두 번째 만남을 가졌다. 바로 현재 필자가 소속된 경상대학교 경남문화연구원이 진행하고 있는 '인문한국(HK)지원사업'을 통해서였다.

'인문한국(HK)'을 잠시 소개하자면, 한국을 대표하는 인문학을 넘어 세계적 인문학을 주도할 연구소 육성을 목표로 (사)한국연구재단이 주관하는 10년 간의 장기연구長期研究 프로젝트project이다. 경남문화연구원은 순천대학교 지리산권문화연구원과 공동으로 〈지리산권 문화 연구〉라는 아젠다agenda로 이 연구를 진행하고 있다. 지리산이 영·호남의 5개 시군市郡에 포진해 있으니, 호남과 영남지역의 두 연구소가 컨소시엄을 구성하여 연구단研究團을 형성한 것은, 지금 생각해도 참으로 시의적절하고 또 찰떡궁합이라 할 수 있겠다. 이 연구에서 필자가 맡은 분야의 하나가 바로 지리산 관련 유람문학遊覽文學이었다. 또 다시 지리산과의 동행을 시작하게 된 것이다.

그리고 이번엔 책상머리에서의 유람에만 그치지 않고 신발 끈을 조이고 찾아 나섰다. 의외로 지리산은 두어 시간 내에 도달할 수 있는 곳에 있었다. 천왕봉 정상을 자주 오를 수는 없지만, 두어 시간 거리 내 어디에 서 있어도 천구天球의 북극성北極星(Polaris)처럼, 지리산 천왕봉이 눈에 들어온다는 것도 이즈음 알게 되었다. 1472년 8월 천왕봉에 올랐던 점필재佔畢齋 김종직金宗直(1431~1492)의 말처럼, 지리산은 늘 내 곁에 있는 '고향의 산'이었던 것이다. 고향의 산 지리산 자락에서 태어나고 자라서 살아가고 있다는 이 사실만으로도 지리산과 필자는 이미 운명적 만남이었음을 알게 되었다. 그리고 비로소 지리산과의 사랑이 시작되었다. 아직은 기슭에서 올려다보는 외사랑에 불과하겠지만 말이다. 그렇게 나의 외사랑 지리산을 찾아다니기 시작한 것도 벌써 여섯 해가 넘어서고 있다.

덕산으로 가는 길, 발길마다 와 닿는 유적들

그렇게 시작된 나의 유람에서 발길이 가장 많이 닿은 곳이라면 단연 덕산德山이다. 경상남도 산청군 시천면 덕산. 이미 많이 알려져 있지만, 덕산은 덕천德川이라고도 하는데, 남명南冥 조식曺植(501~1572)의 고장으로 이름나 있다. '덕이 있는 마을, 덕인德人이 사는 곳'이라는 의미로, 덕을 지닌 남명이 만년을 보낸 곳이다. 필자 역시 남명을 만나러 덕산을 찾아갔고, 앞으로도 수없이 찾아갈 것이다.

덕산은 진주에서 북서쪽으로 반시간 남짓이면 도착할 수 있으니 그다지 먼 거리는 아니다. 그럼에도 그 사이에는 무수히 많은 역사적 명승이 자리하고 있다. 그래서 이런 유적지를 무심히 지나칠 때면 인문학을 하는 한 사람으로서 언제나 미안한 마음이 앞선다.

지금이야 겁외사劫外寺를 지나 남사南沙로 질러가는 새 도로가 생겼지만, 얼마 전까지만 해도 원지院旨에서 적벽강赤壁江을 건너 단성과 남사를 거쳐 갔다. 그럴 때면 적벽강과 적벽을 바라보며 그 옛날 선현들의 선유船遊를 떠올렸다. 적벽은 중국 호북성 황주黃州의 장강長江에 있는 절벽인데, 삼국시대 조조曹操가 주유周瑜에게 패전한 곳으로 유명하며, 동파東坡 소식蘇軾(1037~1101)이 이곳으로 귀양 와 적벽강에 배를 띄우고 노닐면서 지은 「전적벽부前赤壁賦」·「후적벽부後赤壁賦」로 인해 문학적으로 더 유명하게 되었다. 이

단성 적벽

때가 바로 임술년(1082) 음력 7월 16일(旣望)이다. 그 후 적벽은 많은 문학작품 속에 인용되었고, 전국 곳곳에 산이나 지명으로 쓰였으며, 특히 조선시대 문인들이 소동파의 적벽선유를 모방하여 7월 기망이면 선유하는 풍속이 생겨나게 되었다.

단성의 적벽강 또한 조선시대 수많은 문인들이 선유를 즐기며 문학적 정감을 시로 읊어내던 명승이었다. 기록에 의하면, 이곳에선 근세까지도 합천·진주·산청 등 인근지역의 인사人士들이 함께 선유를 하며 풍류를 즐겼다. 단성에 살았던 칙재則齋 이도원李道源(1898~1979)은 1967년부터 매해 빠지지 않고 적벽선유를 즐겼는데, 1974년까지 매년 간지干支만 바꾼 같은 제목의 한시가 그의 문집에 전하는 것으로 보아, 적벽이 최근까지도 선유를 위한 명승으로 각광받았음을 알 수 있다. 그러나 지금은 행정구역상 신안강新安江이라 부르기 때문에 이를 적벽강이라 불렀다는 사실도, 그 곁에 깎아지른 듯 우뚝 솟아있는 절벽이 '적벽'이라는 것도, 그리고 그곳이 조선시대 문인들의 문학 창작의 중요한 공간이었음을 아는 이가 거의 없다.

단성교를 건너 오른쪽에 위치하고 있는 것은 단성초등학교이다. 이곳은 그 옛날 단성현의 관아가 있던 곳이며, 단성객사 터는 단성초등학교 내 체육관이 위치한 몽학관夢鶴館 자리이다. 이를 아는 이는 또 얼마나 될까.

단성객사 터(단성초교 몽학관)

유홍준 교수는 그의 답사기 2편에서, 우리나라의 초등학교는 그 출발부터가 기구한 팔자를 지녔다고 하였다. 일제가 지금의 면 단위마다 소학교를 세우면서 그 위치를 옛날 현청縣廳이 있던 자리를 택하였는데, 이는 신시가지에 그들이 통치하는 면사무소를 세우면서 조선왕조의 정통성을 죽이고 한편으로는 자신들의 신식문명을 내세우는 양면효과를 노렸다는 것이다. 나는 이후부터 인근의 초등학교 위치를 눈여겨보게 되었다. 유홍준 교수가 언급했던 안의초등학교가 그러하고, 산청초등학교가 또한 그러하며, 단성초등학교도 그러함을 알 수 있었다. 현 산청초등학교는 조선시대 산음山陰 관아에 딸린 객사客舍 자리이다. 산음은 산청의 옛 이름이다.

단성초등학교에서 20번 국도를 따라 중산리 방면으로 4km 남짓 달려가면 영남지역에서 대표적 반촌班村이자 전통한옥마을로 유명한 남사예담촌이 나온다. 남사마을의 역사와 고가古家 그리고 인물 등에 대해서는 본 연구단에서 출간한 『지리산 단속사, 그 끊지 못한 천년의 이야기』(박용국, 보고사, 2010)에 상세히 언급되어 있다.

현재 이곳은 전통한옥과 옛 담장 등으로 유명하지만, 필자에게 남사마을은 한말의 유학자 면우俛宇 곽종석郭鍾錫(1846~1919)의 아름다운 일화가 전하는 곳으로 각인되어 있다. 이곳을 지날 때면 늘 그가 떠오른다. 곽종석이 학문의 극처極處로 공자孔子를 염원하였기에, 그가 살던 남사마을의 북쪽 산을 공자의 고향인 중국 산동성 곡부曲阜의 니구산尼丘山을 본떠 '니구산'이라 이름하여 현전하고 있다. 그리고 그가 강학하고 문인을 길러냈던 곳을 '니구산의 동쪽'이라는 의미에서 니동서당尼東書堂이라 이름하였다. 공자의 학문을 계승하여 위기의 국난기를 극복하고자 했던 그의 염원이 서려 있는 곳이다.

현재도 수많은 방문객이 남사마을을 찾고 있으나 그 속에 내포된 진정한 의미를 제대로 아는 이는 많지 않은 듯하다. 더구나 관내 기관에서 제공하는 안내서조차도 '니구산'을 '이구산'으로, 니동서당을 '이동서당'으로 표기하여

산청객사 터(산청초교)

부르고 있으니, 그 속에 담긴 면우의 염원과 정신을 제대로 알고 있다고 할 수 있겠는가. 안타까운 일이 아닐 수 없다.

그러나 이곳을 지날 때마다 그를 떠올리는 것은 곽종석과 지리산과의 인연 때문이다. 그가 활동했던 한말을 전후한 시기의 지리산 유람은 지리산권역 강우학자江右學者에 의해 주도적으로 이루어졌다. 유람 코스 또한 단성→덕산→중산리→법계사→천왕봉으로 오르거나, 또는 덕산에서 대원사大源寺→중봉을 거쳐 천왕봉으로 오르는, 일관된 여정으로 나타난다. 당시 단성·남사·원지 등을 비롯한 인근 지역에는 빼어난 인물들이 많이 배출되었는데, 특히 면우

니동서당

는 지리산 유람의 핵심 인물 중 한 사람이었다.

남아있는 지리산 유람록이나 유람시를 중심으로 살펴보면, 면우는 1877년 8월 5일부터 15일까지 합천사람 후산后山 허유許愈(1833~1904)를 비롯해 김진호金鎭祜·이도묵李道默·이도추李道樞·조원순曺垣淳·권규집權奎集 등 강우지역의 여러 학자들과 지리산을 유람하였다. 덕산을 거쳐 대원사 방면으로 천왕봉에 올랐다. 이때의 유람록이 바로 허유의 「두류록頭流錄」이고, 연작시聯作詩 중 권규집의 「유산기행15수遊山記行十伍首」가 이때 지어진 것이며, 곽종석 또한 「두류기행25편頭流記行二十伍篇」을 남기고 있다. 그는 이 유람에서 돌아 온 10일 뒤 만성晩醒 박치복朴致馥(1824~

남사마을과 니구산

1894)이 스승인 한주寒洲 이진상李震相(1818~1886)과 함께 지리산을 유람하기 위해 남사로 찾아오자, 인근의 여러 인사들과 다시 이전의 그 코스로 유람 길에 올랐다. 이때의 유람을 기록한 것이 박치복의 「남유기행南遊紀行」이다. 그는 당시 수많은 지식인을 지리산으로 이끈 대표 인물이었던 것이다. 그래서일까. 나는 '곽종석' 하면 '지리산'이 먼저 떠오른다.

남사마을에서 덕산 쪽으로 이삼 백 미터쯤 올라가다가 오른쪽으로 난 길을 따라 한참을 들어가면 입석立石마을이다. 입석은 남명의 벗인 안분당安分堂 권규權逵(1496~1548)와, 그의 아들이자 남명의 문인 권문현權文顯·권문저權文

著·권문임權文任·권문언權文彥으로 대표되는 안동권씨 세거지이다. 지금도 입석마을에는 안분당의 유적비와 묘소, 그들이 소요했던 경강정사敬岡精舍가 남아 전한다. 흔히 이곳으로의 답사는 경강서당보다는 단속사斷俗寺가 더 유명하다. 삼국시대 때 창건되어 수천 년을 이어온 단속사. 지금은 동서로 우뚝하니 서 있는 삼층석탑을 통해 당시의 사찰 규모와 영광을 짐작케 할 뿐이지만 말이다. 그러나 이곳 입석리는 조선시대 수백 년 동안 지리산을 찾은 각처의 인사들이 들러 유숙하는 중요한 장소였다.

도구대에서 산천재까지

입석으로 갈라지는 삼거리에서 덕산 쪽으로 5분 남짓을 달리면 하동 옥종과 덕산으로 나뉘는 삼거리가 나오고, 그때부터 중산리에서 내려오는 시천矢川, 곧 덕천강德川江과 만난다. 덕천강을 왼쪽으로 끼고 오른쪽으로 돌아 올라가면 마을이 나타나는데, 구만마을이다. 여기서부터가 본격적인 남명의 유적지라고 할 수 있다. 스승을 흠모하여 남명을 좇아 덕산으로 옮겨와 살았던 도구陶丘 이제신李濟臣(1536~1584)의 은거지 도구대陶丘臺와 태연苔淵이 있고, 바로 인접하여 오른쪽 골짜기로 들어가면 남명의 손길이 남아있는 백운동白雲洞이다. 그 뿐인가. 덕산으로 들어가는 입구에 해당하는 입덕문入德門과 탁영대濯纓臺를 거쳐 남명

안분당 유적(상)
경강정사(하)

탁영대(상)
산천재(하)

의 거처였던 산천재山天齋에 이르기까지 어느 하나도 허투루 지나칠 수 없는 소중한 유적들이다. 진주에서 덕산에 도착하기까지는 그 길목에서 만나는 마을 어귀마다 골목마다 튀어나온 바위 하나에도 선현들의 역사와 자취가 남아있지 않는 곳이 없다.

덕산 그리고 지리산 천왕봉

덕산은 '남명의 고장'이다. 그는 합천 삼가三嘉에서 출생하였고, 김해 산해정山海亭과 삼가 뇌룡정雷龍亭에서 중년을 보냈다. 이곳 덕산으로 들어온 것은 백발이 성성한 61세의 노년이었다. 그는 덕산 산천재에서 72세로 세상을 떠날 때까지 12년을 살았다. 그의 생애에서 보자면 그다지 길지 않은 시간이건만, 덕산은 그를 대표하는 '남명'의 공간이 되었다.

현재 김해에는 그의 강학처였던 산해정이, 삼가 토동兎洞에는 그의 학문적 특징과 핵심을 보여주는 뇌룡정이 남아 있다. 근년에는 지역 유림들이 뇌룡정 뒤쪽에 남명을 추향하던 용암서원龍巖書院을 재건하여 그 정신을 이어가고 있다. 이 유적들은 남명 생애에서 결코 가벼이 보아 넘길 장소가 아니다. 모두 그 삶의 한 중심축을 이루던 역사적 공간임에 틀림없다.

그럼에도 불구하고 '남명'이라고 하면 우리는 덕산을 떠올린다. 현재 덕산에는 산천재 외에도 그의 묘소와 사후 문인들이 세운 덕천서원德川書院이 있으며, 또한 그의 문인 수우당守愚堂 최영경崔永慶(1529~1590)이 덕천서원 앞에 세운 세심정洗心亭이 있다. 덕산읍내를 지나 대원사 방면으로 조금 더 안쪽으로 들어가면, 문인 덕계德溪 오건吳健(1521~1574)과 아름다운 사제지정師弟之情을 나눈 것으로 알려진 송객정送客亭과 면상촌面傷村이 있다. 그야말로 덕산은 남명을 위한 공간이라 해도 과언이 아니다.

남명기념관의 통계에 의하면, 매년 10만 명 이상의 관광객이 덕산을 찾아와 남명을 만난다고 한다. 그들은 산천재에서, 덕천서원에서, 세심정에서 남명을 만난다. 산천재에서는 벽면에 그린 벽화나 뜰 앞에 심어진 남명매南冥梅를 통해 그와 만나고, 덕천서원에서는 각을 세운 듯 반듯하고 단순한 건축 배치를 보면서 마치 추상열일秋霜烈日이나 벽립천인壁立千仞의 기상으로 대표되는 강직한 남명의 모습을 느끼려 애써 보기도 한다.

2년 전쯤 덕산중학교로부터 학생들을 대상으로 '남명과 덕산'에 대해 강연을 해달라는 부탁을 받았다. 덕산중학교는 덕천서원과 담장 하나를 사이에 두고 있는 학교로, 어떤 교육기관보다도 남명 관련 행사를 많이 하는 것으로 알려져 있다. 매년 남명 관련 백일장을 비롯해 각종 행사를 진행하여 남명정신을 계승하는 일에 앞장서고 있는가 하면,

산해정(상)
뇌룡정(하)

산청군에서 실시하는 연중축제인 남명제南冥祭와 선비문화 축제 등의 각종 학술행사에서도 적극적으로 활동하고 있다. '남명'의 수혜를 가장 많이 받고 있는 교육기관이라고나 할까.

그런 곳에서 내가 달리 해줄 말이 무엇이 있겠냐며 선뜻 답을 하지 못하고 있는데, 강연을 의뢰하던 담당 선생이 머뭇거리는 나에게 전화기 너머로 한 마디를 던지는 것이었다.

> 등잔 밑이 어둡다는 말을 아시지요? 의외로 아이들이 알고 있는 남명은 교과서에 정형화된 모습일 수 있습니다. 특히 덕산에 있는 남명 유적은 늘 옆에 있는 공기 같은 것이라 되레 무심할 수 있지요.

그 말에 용기를 얻어 강연을 수락하고, 내가 아는 남명과 덕산을 아이들 눈높이에 맞추려 애를 썼다. 물론 내가 그 강연에서 강조한 것은 '남명과 덕산, 그리고 천왕봉'이었다. 그동안 연세 지긋한 원로가 와서 강연을 했는데 젊은 여자 강사가 왔다며, 교감선생을 비롯해 몇몇 교사들이 학생들과 함께 강연을 들었다.

나는 강연 시작부터 아이들에게 저돌적인 질문을 던졌다. 여러분이 등·하교 때마다 지나치고, 툭 하면 들락거리

덕천서원(상)
세심정(하)

던 저 산천재에서 무엇을 보았느냐고, 혹시 그 대청마루에 앉아 천왕봉을 올려다 본 적이 있느냐고 물었다. 세심정에 앉으면 무엇을 생각하느냐고, 그곳에서 덕천서원의 추녀 너머로 천왕봉을 바라본 적이 있느냐고 물었다. 모두들 이 양반이 무슨 소리를 하고 있는 건가 의아한 표정으로 쳐다보았다.

그랬다. 남명은 백발이 성성한 환갑의 나이에 고향을 떠나 이곳 덕산으로 들어왔다. 그는 젊어서 자신의 학문적 극처를 완성할 장소로 지리산을 정하고 그 속에서 삶을 보낼 은둔처를 찾아다녔다. 그의 말을 빌린다면, 지리산 청학동青鶴洞으로 신응동神凝洞으로, 그리고 용유동龍游洞·백운동白雲洞 등으로 찾아서 돌아다녔다고 한다. 지리산 골짜기를 모두 뒤지고 다녔다고 해도 과언이 아니었다. 수차례의 탐문 끝에 만년에야 이곳 덕산으로 들어오게 된 것이다. 굳이 '덕산'이어야 했던 것은 오직 이 '천왕봉' 때문이었다. 남명은 자신의 구도求道의 극처인 지리산 천왕봉이 훤히 올려다 보이는 곳, 그런 장소로 이 '덕산'을 선택했던 것이다.

봄 산 어느 곳엔들 향기로운 풀 없으랴만 春山底處無芳草
천왕봉이 상제와 가까움을 사랑할 뿐이네 只愛天王近帝居
빈손으로 들어와 무엇을 먹고 살 것인가 白手歸來何物食
은하 같은 십 리의 물은 먹고도 남는다네 銀河十里喫有餘

「덕산에 살 터를 잡으며德山卜居」

나는 산천재에 가면 툇마루에 앉아 천왕봉을 올려다본다. 행여 지붕에 가려 천왕봉이 보이지 않을까 염려하여 서재西齋를 짓지 않은 남명의 그 마음을 헤아려 본다. 남명은 날마다 이곳에 앉아 천왕봉을 올려다보며 무슨 생각을 했을까. 비바람과 천둥 번개에도 꿈쩍 않고 온몸으로 견뎌내는 지리산 천왕봉을 보며 남명은 어떤 다짐을 하였을까.

남명은 저 천왕봉처럼 하늘이 울지언정 끄덕도 않는 그 의연함을 배우고, 나아가 이 세상의 커다란 울림이 되고 싶었다. 어떤 어려움에도 큰 선비로서의 책임과 지조를 내려놓지 않는 삶을 살고자 하였다. 우뚝하니 솟아 이고 있는 하늘을 한 순간도 내려놓지 않으면서도, 하늘과 자연과의 일치를 이루는 천왕봉의 강인함과 변함없는 자세를 견지하려 노력하였다. 남명에게 있어 천왕봉은 자신이 도달해야

산천재에서 천왕봉을 바라보다

할, 추구해야 할 구도의 극치이자 닮고자 한 목표였던 것이다. 지리산에 대한 남명의 외사랑은 그렇게 평생 계속되었다. 어찌 평생뿐이었겠는가.

남명과 천왕봉의 인연은 문인과 후학들에게 그대로 전수되었다. 수백 년이 지나는 동안 수많은 후학들은 남명을 만나러 덕산으로 찾아들었고, 그들은 덕산에서 남명을 그리워하였고, 천왕봉을 올려다보며 남명의 그 정신을 염원하였다. 덕산을 찾았던 수많은 후학의 작품들이 이를 증명하고 있다. 지리산의 한 골짜기에 불과했던 덕산은 '남명'을 만나 비로소 명승名勝이 되었다. 또한 민족의 영산靈山 지리산은 '남명'이라는 명인名人을 만나 인덕仁德과 구도求道의 명산名山으로 거듭날 수 있었던 것이다.

남명의 산, 또 하나의 지리산

이렇듯 남명과 지리산 천왕봉과의 인연은 필연적이었다. 이후 지리산은 '남명의 산'으로 불리는데 주저함이 없었다. 지리산 천왕봉에 올라 사방을 조망하던 유람자들은 동남쪽 덕산 방향을 바라보며 자연스레 남명을 떠올렸고, 심지어는 지리산을 '덕산'이라 일컫기도 하였다. 마치 '남명과 덕산, 그리고 천왕봉'을 하나의 세트set로 인식하게 하였다. 그리고 이는 남명과 지리산과의 인연이 덕산과 천왕봉이 전부인 양 인식하게 만들었다. 그러나 남명과 지리산의 인연은 이 외에도 있었으니, 바로 '지리산 청학동 유람'이었다.

남명은 지리산을 십여 차례나 탐방했다고 언급했지만, 정작 문집에 남아 전하는 기록은 「유두류록遊頭流錄」 한 편뿐이다. 그는 1558년 4월 11일부터 25일까지 14박15일 동안 하동 쌍계동과 신응동 일대를 유람하였다. 이 일대는 일명 '지리산 청학동'이라 전해지는 곳이다. 남명 일행이 10여일 남짓 소요했던 쌍계사와 그 뒤편의 불일암佛日庵 일대, 그리고 신응동 일대로의 유람은 이후 지리산 유람의 백미白眉가 되었다.

조선시대 지리산 유람은 대체로 천왕봉과 청학동을 중심으로 이루어졌다. 어느 방향 어느 코스로 등반을 시작한다 하더라도 천왕봉이 지리산 유람의 정점이었음은 물론이다. 반면 이곳은 오롯이 청학동만을 위한 유람이 가능했던 공간이기도 하였다. 남명의 유람도 청학동만을 둘러보는 일정이었다.

선현들은 지리산을 오를 때 변변한 지침서가 없었고, 산행에 앞서 필독하거나 지참했던 것이라면 앞 시대 선현의 유람록 정도였다. 특히 애독했던 작품으로는 김종직金宗直과 김일손金馹孫(1464~1498) 그리고 남명의 유람록 정도였다. 지리산 유람을 계획하는 이들은 세 사람의 유람록을 미리 읽었고, 그들의 유람록에 나타난 유적을 지날 때는 그 기록을 회상하며 공감대를 형성하려 하였다. 특히 지리산에 들어와 천왕봉을 구도의 극처로 삼아 부단히 노력했던 남명의 삶과 함께 그의 「유두류록」은 후인들의 지리산 유람의 전범典範으로 인식되었다. 수많은 후인이 그가 걸었던 길을 따라 유람하였고, 그곳에서 남명을 회고하였다. 수백 년 동안 이 길에서 남명을 만날 수 있었던 것이다.

그러나 지금은 지리산 청학동에서 남명을 만나는 사람이 그다지 많지 않다. 그들은 그 길에서 남명이 아니라 최치원崔致遠을 만난다. 지리산 청학동에는 최치원의 유적이 많이 전해지고 있기 때문이다.

현전하는 것만 살펴보아도, 우선 최치원의 글씨로 알려진 쌍계사 입구의 '쌍계석문雙磎石門' 석각石刻이 있고, 쌍계사 경내에는 최치원이 글을 짓고 글씨를 쓴 진감선사대공탑비眞鑑禪師大功塔碑와, 최치원이 청학을 타고 노닐었다 하여 이름 붙여진 청학루靑鶴樓가 있으며, 조선후기까지도 그의 영정을 안치했던 고운영당孤雲影堂이 있었다. 쌍계사 뒤쪽을 따라 불일암으로 오르면 최치원이 청학을 불렀다는 환학대喚鶴臺가 있고, 불일폭포 앞에는 그가 폭포를 완상하던 완폭대翫瀑臺와 그 석각이 있었다. 신응동에는 그의 필체로 알려진 '삼신동三神洞' 석각과, 최치원이 세상사를 들은 귀를 씻었다는 '세이암洗耳嵒'이 있다. 화개동 입구에서부터 신응동까지는 '최치원의 공간'이라 해도 과언이 아닐

진감선사대공탑비

만큼 그의 일화와 전설로 가득 차 있다.

이렇듯 지리산 청학동은 이미 최치원의 공간이 되어 버렸다. 최치원은 남명 이전에도 그 이후에도 청학동의 주인으로 온갖 유적과 전설과 일화 속에 살아 있었다. 남명 역시 청학동에서 최치원을 만났다. 이제 지리산 청학동에서 남명의 흔적을 찾는 것은 쉽지 않다.

그래서 나는 틈나는 대로 남명이 걸었던 그 길을 오르곤

청학루

하였다. 혼자서 가기도 하고, 답사팀을 인솔하여 가기도 하였다. 그 길에서 최치원이 아니라 남명을 만나려 애썼다. 그가 서성였던 곳에선 발길을 멈추고 한참을 머물렀고, 그가 혀를 차며 탄식했던 곳에서는 그의 아픔을 공감하려 하였다. 이제부터 필자가 지리산 청학동에서 만난 남명을 소개하려 한다. 남명이 걸었던 그 길을 따라 그와 함께 청학동을 찾아가 보는 것이다. 남명과 함께 청학을 보고, 남명과 함께 지리산을 유람하는 것이다. 덕산이나 천왕봉이 아닌, 남명의 또 다른 지리산을 찾아서 떠나가 보자.

Ⅱ 남명의 지리산 유람, 청학동

배를 타고 유람하다

지금은 문명의 발달로 인해 산행할 수 있는 여건이 매우 쉬워졌다. 지리산과 천 리나 떨어진 서울에서 출발해도 건각健脚이라면 2박3일이면 지리산 종주를 거뜬히 마칠 수 있다. 그만큼 산행이 일반화되었고, 산행에 필요한 주변 여건을 갖추기가 수월해졌음을 의미한다.

그러나 과거 선현들의 유람은 지금과 달리 어려움이 많았다. 변변한 지침서도 없었을 뿐더러 안내자를 구하기도 어려웠고, 그 경비 또한 녹녹치 않았다. 따라서 조선조에 들어와 산행이 성행하였음에도 명산이나 명승으로의 유람을 나서기란 여간 어려운 것이 아니었다.

조선시대 지리산을 올랐던 대부분의 선현들은 요즘과 달리 평소 정기적인 운동을 하거나, 산행을 위해 체력을 비축

한 것도 아니었다. 천왕봉에 오르고자 하는 강한 염원과 의지만으로 방안에서 글만 읽던 선비들이 신발 끈을 조이고 길을 나섰던 것이다.

간혹 다년간에 걸쳐 산행을 계획하고 평소 천왕봉을 올려다보며 다리에 힘을 키운 이도 있었다. 경상남도 함양에 거주했던 감수재感樹齋 박여량朴汝樑(1554~1611)이 바로 그런 사람이었다. 그는 천왕봉 등정 계획을 세우고는 매일같이 나막신을 신고 지팡이를 짚고서 산수 간을 걸어 다녔다. 다리의 힘을 기르기 위해 이같이 하기를 하루도 쉬지 않았다고 한다. 박여량은 주변 사람들이 모두 천왕봉에 오르지 못할 것이라 염려하고 만류하였으나 중도에 포기하지 않고 등정할 수 있었던 것은, 산행에 대한 기대감과 함께 이처럼 미리 계획하여 신체를 단련했기 때문이라 하였다. 그러나 이는 매우 이례적인 일이었다.

남명의 유람 또한 이전부터 계획된 것이었다. 남명 일행은 사천泗川에서 배를 타고 섬진강을 거슬러 올라가 쌍계동으로 들어갔다. 남명의 「유두류록」에 의하면, 오래 전부터 배편을 이용하기로 김홍지金泓之와 약속이 되어 있다고 하였다. 당시의 관행으로 보아 무관無官의 선비가 배편을 이용해 유람을 나서기란 쉽지 않았을 것이다. 이는 조선시대 선현들의 지리산 유람 중 그들이 이용한 교통편을 살펴보아도 쉬이 알 수 있다. 현재까지 발굴된 100여 편의 지리

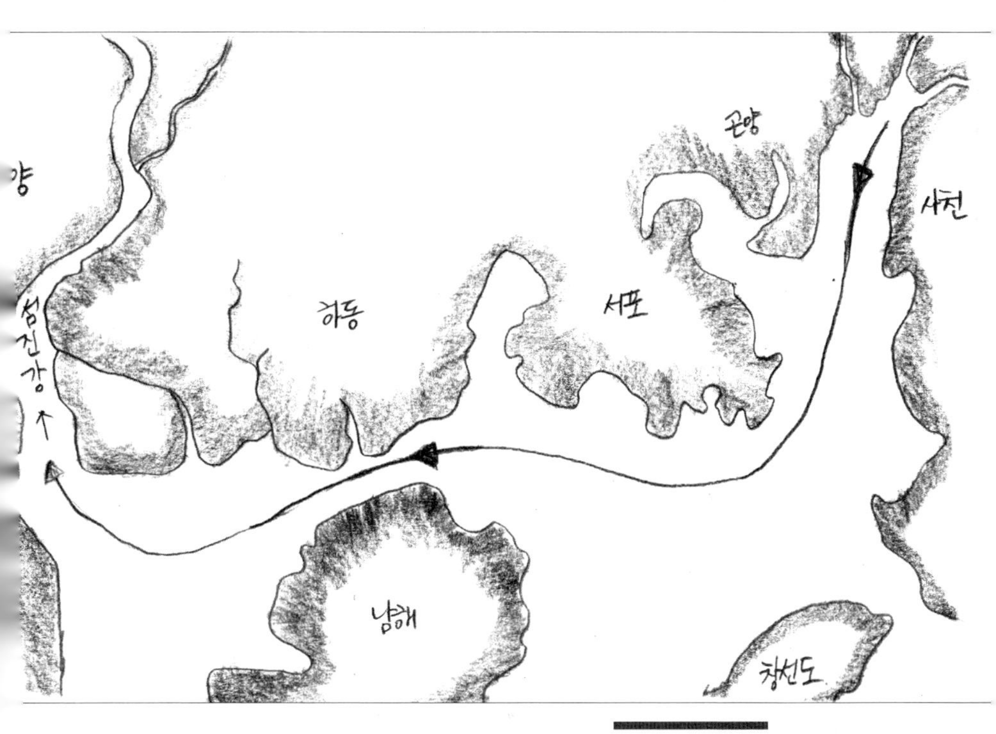

배를 타고 지리산에 들어가다

산 유람록 중 배편을 이용해 청학동을 유람한 경우는 남명 일행이 최초이고, 1807년 함양군수 남주헌南周獻(1769~1821) 일행이 청학동과 천왕봉을 유람할 때 배편을 이용한 것이 고작이다. 남주헌 일행이야 경상감사와 산청군수, 진주목사가 함께 한 유람이었으니, 배편을 이용하는 것이 어렵지 않았을 것이다. 그렇지만 일생 환로宦路에 발길도 안 했던 남명이지 않은가.

그렇다면 '김홍지'란 인물을 눈여겨 볼 필요가 있다. 남명의 언급에 의하면, 김홍지는 유람 당시 진주목사를 지낸 인물이었으나, 기타 인적사항은 자세치 않다. 4월 11일 뇌룡정을 출발했던 남명 일행은 이튿날 진주에 도착했을 때 '김홍지의 벼슬이 바뀌었다.'는 소식을 듣게 된다. 『명종실록明宗實錄』 15년(1560) 6월 13일자에 의하면, '진주목사 김홍金泓이 치정治政이 남다르다고 하니, 이전에도 그렇게 정사를 잘 돌보았는지를 경상도관찰사 홍담洪曇에게 살피도록 하라.'고 하였고, 같은 해 7월 13일자에 홍담이 올린 보고 기록이 보인다. 또한 남명이 「유두류록」 말미에서 '김홍지는 삼산三山에 살고 있다.'고 하였는데, 삼산은 충청도 보은을 가리킨다. 홍지는 김홍의 자字이다.

조선시대 '목사牧使'는 임기가 3년이다. 이로 본다면 1560년에도 진주목사로 재직하고 있었으니, 유람을 떠나던 1558년 4월 그즈음 김홍지가 다른 벼슬에서 갈리어 진주목사로 부임한 것이 아닌가 생각된다. 때문에 김홍지는 유람 도중 비로 인해 발이 묶여 있던 남명 일행에게 소를 잡고 잔치를 베풀어 주었을 뿐 아니라, 그들에게 배편을 마련해 주는 것은 물론 열 명이 넘는 기생과 악공을 포함한 악대樂隊까지, 유람에 필요한 모든 것을 지원할 수 있었던 것이다. 남명 일행은 청학동 유람을 마치고 돌아 나올 때에도 악양현岳陽縣까지 배를 타고 이동하였다. 기록은 없지만 김홍지의 배려라 쉬이 짐작할 수 있다. 그는 남명 일행에게 든든한 서포터supporter였던 것이다. 남명의 유람은 그로 인해 궁상스럽지 않았다.

벗과 함께여서 더욱 좋고, 유람의 동행자

남명의 유람에 함께 한 이들은 누구일까. 배편을 비롯해 유람의 모든 준비를 지원해 준 진주목사 김홍 외에도, 우선 남명의 거처 뇌룡정을 출발할 때부터 함께 따라 나선 이는 그의 동생 조환曺桓이었다. 그리고 중요한 두 사람이 더 있었으니, 바로 남명의 벗 황강黃江 이희안李希顔(1504~1559)과 구암龜巖 이정李楨(1512~1571)이었다. 둘은 인근 지역에 사는 남명의 평생 지기知己이자 당대에 명망 받는 석유碩儒들이었다. 이희안은 뇌룡정에서 그다지 멀지 않은 합천 쌍책에 살았고, 이정은 진주 인근지역인 사천 구암리에 살고 있었다. 이희안은 출발 전날 뇌룡정으로 찾아와 하룻밤을 묵고 11일 함께 유람 길을 나섰고, 이정은 이들 일행이 진주를 거쳐 사천 자신의 집에 들르면서 합류하였다. 배를 타기 위해서는 사천 바다로 가야 했고, 남명 일행은 이정의 집에서 유숙할 수밖에 없었던 것이다. 두 사람은 요즘 말로 남명의 '절친'이었다.

우직한 그대만은 내 마음을 알아주리, 황강 이희안

덕유산에서 발원해 합천을 거쳐 낙동강과 합류하는 황강 하류의 절벽 위에 황강정黃江亭이 있다. 이희안이 28세 때 학문을 연마하기 위해 지은 곳으로, 현 경상남도 합천군 쌍책면 성산리에 위치한다. 이곳은 남명이 살던 뇌룡정과 그다지 멀지 않은 곳이다. 서로의 거처가 가까워서인지, 두 사람의 교유는 남달랐다. 1900년 출간된 『황강집』에는 전하는 자작自作이 워낙 없어 살필 만한 근거가 없는 반면, 『남명집南冥集』에는 황강에게 전한 시가 8수나 실려 있고, 황강이 세상을 뜨기 한 해 전의 기록인 이 「유두류록」이 있고, 또한 사후 그를 위해 지은 묘갈墓碣이 남아 있으니, 남명의 여타 벗들에 비해 관련 기록이 많은 편이다. 남명이 뇌룡정 생활을 청산하고 산천재로 들어간 것이 61세인 1561년이고, 황강은 지리산 유람을 마친 이듬해인 1559년에 세상을 떠났으니, 황강의 입장에서 보면 평생 남명과 합천 하늘을 함께 이고 살았다고 할 수 있다.

황강은 22세 때 문과에 장원급제하였으나 출사하지 않았고, 황강정을 지어 그곳에서 소요하였다. 49세 때인 1552년에는 남명과 함께 유일遺逸로 천거되어 고령현감高靈縣監에 부임하였으나, 관찰사와 뜻이 맞지 않아 곧바로 사직하였다. 이전에도 두 번의 출사 기회가 있었지만 나아가지 않더니, 이번에는 무슨 마음인지 출사를 결정하고 고령에 부임하였다. 남명도 함께 천거되었지만 그는 이번에도 나아가지 않았다. 그런데 그렇게 나아갔던 황강이 얼마 있지 않아 다시 돌아왔다. 분분紛紛히 좋지 않은 소문만 달고서 말이다. 남명은 그가 고향으로 돌아왔다는 소식을 듣고 다음 시를 지었다.

산해정에서 몇 번이나 꿈꾸었던가?	山海亭中夢幾回
뺨에 흰 눈 가득한 황강노인 모습을	黃江老叟雪盈腮
반평생 금마문에 세 번 이르렀지만	半生金馬門三到
임금님은 뵙지도 못하고 돌아왔다지	不見君王面目來

남명과 황강이 일생의 지기로 지낼 수 있었던 것은 무엇보다 그들이 지향하는 바가 같았기 때문일 것이다. 출사에 대한 생각 또한 같았을 것이다. 그리하여 일생 부정한 현실에 나아가지 않고 재야에서 수신修身과 학문에 힘쓰며 서로

황강정

깊이 교유할 수 있었던 것이다. 그랬던 벗이 세상에 나아갔다가 여의치 않아 돌아왔다. 성과 없이 빈손으로 돌아온 것이다. 그런 그에게 기롱이 섞인 듯 풍자하였다. 안 나가느니만 못한 결정이었다고.

사실 남명은 황강의 이런 점에 대해서는 달갑지 않았던 듯하다. 남명이 지은 황강의 묘갈에 의하면 "붙잡으면 주저앉기로는 유하혜柳下惠와 같았다."고 표현하였다. 묘갈이 대상인물에 대한 칭송을 전제로 하는 글이라 하더라도 이 언급은 좋게만 보이지 않는다. 유하혜는 춘추시대 노나라 사람으로 세 번이나 쫓겨났는데도 다른 나라로 가지 않고 다시 벼슬하여 도道로써 임금을 도운 현명한 재상으로 알려져 있다. 그렇지만 출처出處에 있어 안연顔淵을 최고의 인물로 여긴 남명의 시각에서 본다면, 유하혜의 출처는 분명 비판의 대상이었다. 그러니 달라지지 않은 현실에 기대를 품고 나아갔다가 매번 빈손으로 돌아오는 벗을 바라보는 남명의 마음도 편치는 않았으리라.

그래서 남명은 황강에게 "길 가 풀은 이름 없이 죽어가고, 산 구름은 제멋대로 피어오르네. 강은 가없는 한을 흘려보내면서, 바위와는 다투지 않는다네."[路草無名死 山雲恣意生 江流無限恨 不與石頭爭]라는 시를 보내 위로하였다. 길 가의 풀도, 산 위의 구름도, 무심히 흐르는 저 강물도 모두 다툼 없이 자신의 의지대로 살아간다. 세상에서 알아주지 않더라도 그 자체로써 의미를 지닌다. 출사만이 길은 아니며 우리에게는 우리만의 길이 있으니, 세상과 부딪히기보다 이를 간직하며 살아가자고 위로한다. 결국 추구하는 이상과 마음만은 자신과 별반 다르지 않기에 그 벗이 너무나 안타까웠던 것이다.

그럼에도 남명은 자신의 마음을 이해해 줄 벗으로 단연 황강을 꼽았다. 남명은 왕도정치가 실현되지 못하는 현실이기에 나아갈 수 없었음에도 결코 현실을 잊지 않고 끊임

없는 관심을 기울였다. 세상을 잊지 못하여 나라를 근심하고 백성을 불쌍히 여겼으며, 홀로 있을 적엔 눈물을 흘리기도 하였다. "달려드는 허연 머리에 근심이 뒤얽히고, 슬피 우는 백성들 풍년에도 더 굶주리네. 배에 가득 답답한 생각 적을 수 없지만, 우직한 황강노인 그대는 응당 알리라."라는 시에서 알 수 있듯, 남명은 백성을 걱정하는 자신의 마음을 황강만은 알아주리라 믿었다. 두 사람은 달면 삼키고 쓰면 뱉는 시류時流의 사귐과는 차원을 넘어선 아름다운 만남을 가졌던 것이다.

집을 이웃하여 살고자 했던 벗, 구암 이정

이정은 경상남도 사천시 사천읍 구암리에서 태어났다. 23세 때 사천에 귀양 와 있던 규암圭菴 송인수宋麟壽(1499~1547)에게 나아가 배웠는데, 규암은 남명과 절친한 벗이었다. 남명 모친의 묘갈명을 지었으며, 남명이 과거공부를 접고 위기지학爲己之學에 전념하자 이를 축하하고 격려하기 위해 『대학大學』을 보내주었던 바로 그 벗이다. 남명과 구암의 첫 만남은 자세하지 않으나, 구암이 이처럼 남명과 절친했던 벗에게 수학했다면 일찍부터 남명에 대한 소문을 접했을 것이라 쉬이 짐작할 수 있다.

현전하는 두 사람에 대한 기록은 주로 만년에 치우쳐 있다. 뇌룡정에서 출발한 남명은 도중에 구암의 집에서 하룻

이담의 신도비

밤을 묵었다. 구암은 이때 칼국수·단술·생선회는 물론 갖가지 종류의 떡을 준비하여 남명 일행을 극진히 대접했다.

1561년에는 남명이 구암의 선친인 이담李湛의 신도비명神道碑銘을 지었다. 그 이듬해 구암이 경주부윤慶州府尹으로 재임 시 두 사람은 단속사에서 회합하였고, 경주부윤의 임기를 마치자 덕산으로 남명을 찾아가 함께 강론하였다. 1565년 구암이 순천부사로 부임하여 『경현록景賢錄』을 간행할 때 그의 부탁으로 남명이 「서경현록후書景賢錄後」를 지었다. 이러한 기록의 편린으로도 두 사람의 교유가 단순한 종유從遊가 아니었음을 짐작할 수 있다.

또한 이런 것들은 사실을 기록한 단편적 서술일 뿐, 그들

교유와 관련하여 세세한 기록을 찾기란 쉽지 않다. 아마도 만년에 남명이 구암과 절교한 뒤 두 집안의 후손들이 이에 대한 언급을 피하고자 문집에 실지 않았기 때문일 것이다.

일명 진주음부옥晉州淫婦獄 사건. 특히 남명과 구암과의 교유에서 절대 간과해서는 안 되는 사건이다. 두 사람과 관련한 그간의 연구도 대부분 이 사건에 천착하여 이루어져 왔다. 이 옥사에 대해 들어보지 못한 독자들의 이해를 위해, 그리고 두 사람 교유에 있어 중요한 사건인 만큼 간략하게 소개해 본다.

하종악河宗嶽의 후처後妻가 음행을 저질렀다는 추문이 있었다. 하종악은 남명의 형인 조랍曺拉의 딸과 혼인하였는데, 남명의 질녀는 딸 하나를 낳고 죽었다. 이후 하종악이 후처를 들였고, 하종악이 세상을 떠나자 그 후처가 여종의 남편 등과 음행을 저질렀다는 것이다. 남명은 그 진상을 나름대로 판단하여 관아에 고발했는데, 구암의 첩이 그 후처와 인척 관계에 있는지라, 구암이 이를 위해 세 차례나 말을 바꿔가며 변론하였다. 결국 그 후처는 무혐의 처리되었다. 남명의 제자들이 그 후처와 사내의 집을 부숴버리고 이들을 마을에서 내쫓는 훼가출향毁家黜鄕을 감행하였다. 문제가 전국적인 사건으로 커져버리고 또 여론이 좋지 못하게 되자, 남명은 구암이 번복한 변론이 자신의 명예에 오점을 남겼다고 생각하였고, 결국 구암과 절교를 선언하기에 이르렀다. 그리고 구암이 번복한 말을 낱낱이 공개하고, 그 과정에서 하종악의 후처로부터 논과 밭을 뇌물로 받았다고 폭로하였다. 이로 인해 두 사람 사이는 물론 두 문인 간의 단절까지 초래하게 되었다.

사건의 전말을 이처럼 간략하게 설명하는 것이 당시의 험악한 분위기, 두 사람의 고뇌와 애타는 마음을 전달하기에 역부족임을 잘 알고 있다. 사실 이 일은 『선조수정실록』에서 다룰 만큼 온 나라를 떠들썩하게 한 희대의 사건이었고, 후대까지도 학자들의 입에 오르내려 이익李瀷(1681~1763)의 『성호사설星湖塞說』에도 실려 전한다. 이 사건은 이후 두 사람의 교유를 인정하지 않으려는 방향으로 전개되고, 그들의 실제 절친했던 교유에 비해 남은 자료가 빈약하게 된 원인이 되기도 하였다.

그러나 이 일은 두 사람의 일생 중 극히 만년인 1568년에 일어났으며, 두 사람이 세상을 떠나기 불과 3~4년 전이었다. 이 사건이 있기 전까지 두 사람은 집을 이웃하여 살자고 약속할 만큼 더없이 절친한 사이였다. 기록에 의하면 두 사람은 만년에 집을 이웃하여 살기로 약속하였고, 실제 남명이 뇌룡정 생활을 마치고 산천재로 들어가는 1561년, 구암도 산천재 곁에 자신이 살 기와집을 지었다고 한다.

그리고 남명의 정신세계를 단적으로 드러낸 것이 「신명사도神明舍圖」와 「신명사도명神明舍圖銘」이라 한다면, 구암은

구계서원

마치 약속이라도 한 듯 「신명사부神明舍賦」를 지었다. 이는 그 명칭이나 내용이 유사할 뿐 아니라 남명 사상의 핵심이라 할 '경의敬義'를 자기화하려는 구암의 의지를 드러낸 작품이라 할 수 있다. 또한 진주음부옥 사건이 있기 직전에 구암은 홍문관 부제학에 임명되었으나 나아가지 않고 고향에 구암정사龜巖精舍를 지어 후학을 양성하였는데, 이때 동재東齋를 '거경居敬', 서재西齋를 '명의明義'라 이름한 것 등이

거경재 · 명의재

남명과의 깊은 교분을 알게 해 준다.

필자는 약 5년쯤 전 남명의 벗에 관한 책을 집필하였다. 1636년에 만들어진 『산해사우연원록山海師友淵源錄』에 등재된 남명의 종유인從遊人 중 문집이 전하고 또 남명과의 교유 기록이 남아 있어 '벗'임을 확인할 수 있는 인물을 대상으로, 두 사람의 교유를 살피는 글이었다. 그때 나온 책이 『남명과 그의 벗들』(경인문화사, 2007)이다. 그 작업으로 인해 남명과 구암의 사이를 좀 더 면밀히 들여다보게 되었고, 그들의 관계에 관심을 갖게 되었다.

사천과 진주, 또는 사천과 남명의 고장 덕산과는 그리 멀지 않은 거리에 있다. 지금은 고속도로가 잘 닦여 있으니, 지척에 있다고 해도 과언이 아니다. 구암과 관련한 연구는 사천시와 문화원을 중심으로 꾸준히 진행되어 오고 있지만, 인근 진주에 위치한 남명학연구소나 덕산 쪽과의 소통은 전연 이루어지지 않고 있다. 이 또한 수백 년 전 두 사람의 절연이 여전히 현재진행형에 있는 증거인 듯하여 안타까웠다. 그것은 5년이 지난 지금도 별반 나아지지 않았다.

『남명과 그의 벗들』을 집필할 당시에는 '남명'을 중심에 둔 글쓰기였기에, 남명의 억울함에 며칠을 우울하게 보내기도 했고, 이후 남명을 위한 변명의 글이라도 써서 반드시 이 억울함을 풀어야겠다고 무언의 다짐을 하기도 했었다. 그만큼 두 사람의 절교는 수백 년이 지난 후학이 보기에도 안타깝기 그지없었던 것이다. 일생 대쪽같이 살아 온 남명으로서는 만년에 세상을 떠들썩하게 했던 구설수에 휘말리고, 결국 생의 큰 오점을 남기게 된 것에 못내 분개하고, 또 자신의 처신에 후회도 많았으리라. 이 세상을 떠나는 마지막 순간까지도 두 사람 모두 이 일을 떠올리며 회한의 눈물을 흘리지 않았을까 생각해 본다.

그러나 남명과 구암의 지리산 유람은 이 일이 발생하기 10년 전에 있었고, 때문에 두 사람은 유람 내내 더할 수 없는 벗으로서 함께 하였다. 그래도 얼마나 다행인지 모르겠다. 이 「유두류록」마저 없었다면 두 사람의 절친한 모습을 어디에서 어떻게 확인할 수 있단 말인가.

어느 곳을 다녔나, 유람 코스

남명의 지리산 유람은 꽃이 피고 새가 울어 유람하기 딱 좋은 5~6월의 14박15일 동안 이루어졌다. 우선 그의 유람 일정 및 코스를 정리해 보자.

4/11일 : 삼가 뇌룡정 → 진주 이공량의 집(1박)

4/12~13일 : 이공량의 집(2박) ***비로 머묾**

4/14일 : 이공량의 집 → 사천 이정의 집(1박)

4/15일 : 이정의 집 → 사천만에서 승선 → 곤양 → 하동(선상1박)

4/16일 : 하동 → 악양 → 삽암 → 도탄 → 화개에서 하선 → 쌍계석문 → 쌍계사(1박)

4/17~18일 : 쌍계사(2박) ***비로 머묾**

4/19일 : 쌍계사 → 불일암 → 쌍계사(1박)

4/20일 : 쌍계사 → 신응사(1박)

4/21~22일 : 신응사(2박) ***비로 머묾**

4/23일 : 신응사 → 쌍계사 앞 → 화개 → 악양현창(1박)

4/24일 : 악양현 → 횡포 → 정수역(1박)

4/25일 : 정수역 → 칠송정 → 귀가

일정에서 유독 눈에 띄는 사람이 있으니, 바로 이공량李公亮(1500~1565)이다. 이공량은 남명의 자형姊兄이며, 신암新庵 이준민李俊民(1524~1590)의 부친이다. 경상남도 진주시 금산면琴山面 가방리嘉坊里 관동冠洞 마을에 살았다. 이곳은 예부터 선비들이 많이 배출되어 관방冠坊 또는 갓방이라 불리었다. 관방에는 전의 이씨全義李氏가 대대로 살아왔는데, 이곳으로 남명의 누이가 시집을 갔던 것이다. 「유두류록」에 보이는 '인숙寅叔'은 이공량의 자字이고, 호는 안분당安分堂이다. 사후 아들 이준민의 공적으로 이조판서에 추증되었다.

두 사람 교유에 대한 기록이 없어 자세히 확인할 순 없지만, 두 사람은 비슷한 연배에 유사한 삶의 방식을 공유했으리라 짐작된다. 이 유람에서 이희안과 동생 등을 대동한 남명 일행은 진주에 도착하자마자 이공량의 집에 들렀고, 3일 동안 눌러앉아 갖가지 음식 대접을 받았다. 인척간이라 하여도 어지간한 친분이 아니고서는 군식구까지 달고서 사흘씩이나 신세지기란 쉽지 않을 것이기 때문이다.

남명은 그를 위해 쓴 「영모당기永慕堂記」에서 "우리 자형은 만년에 자취를 감추고 세상을 피하여 술에다 몸을 감추었다.……또 천하 만물을 마치 바람이나 구름이나 초파리처럼 하찮게 보았다. 그래서 주변 사람들도 때로는 그를 이해하지 못하였다."라고 하였다. 타인을 허여하는데 엄격하기로 소문났던 남명이 이 정도로 평가했다면, 자형이기 이전에 자신의 벗으로 허여할 만한 인품의 소유자가 아니었을까 짐작된다. 남명 일행은 유람 도중 여러 차례의 만남과 헤어짐을 반복하게 되는데, 이공량은 끝까지 유람을 함께 하였다.

우선 남명의 일정을 살펴보면 10여 일이 넘는 짧지 않은 기간임에도 유람한 장소가 의외로 몇 군데 안 되는 것을 확인할 수 있다. 그의 유람은 사천에서 배를 타고 섬진강을 거슬러 올라 가 화개花開에서 하선下船하였고, 곧장 쌍계동으로 들어갔다. 출발과 귀가, 그리고 유람 도중 벗의 집을 방문하는 것을 제외하면, 그들의 일정 중 오롯이 '지리산 유람'이라 부를 만한 곳은 쌍계사와 불일암 주변, 그리고 신응동이 전부이다. 그들은 이 세 곳에서 꼬박 일주일을 보냈던 것이다. 더욱이 진주나 사천에서 출발하여 걸어갔더라면 2~3일은 족히 걸렸을 그 길을, 배를 타고 하루나절에 도착한 것을 감안한다면, 기일에 비해 그들의 일정은 단순하기 짝이 없다. 게다가 그들이 일주일을 보낸 이 일대는 거리상으로도 그다지 먼 곳이 아니다. 보다 용이한 이해를 위해 그의 코스를 지도로 옮겨 보자.

쌍계동은 지금의 쌍계사 입구에 해당하는 골짜기를 일컫고, 그곳에서 칠불사七佛寺 방면으로 1023번 지방도를 따라 약 4킬로미터를 들어가면 신흥삼거리가 나온다. 칠불사에서 내려오는 시내와 의신동義神洞에서 내려오는 시내가 만나는 지점이다. 신응동은 그 삼거리 오른쪽으로 펼쳐진 넓은 골짜기를 일컫는다. 지금의 교통 사정으로 보자면 쌍계동에서 10분 이내에 도착할 수 있는 거리이고, 남명이 유람할 당시의 도로 사정이나 유람자의 발품 속도를 감안하더라도 결코 먼 거리가 아니었다. 때문에 이 골짜기로 유람하는 자들은 쌍계동과 신응동을 별개로 인식하지 않았다. 결국 남명 일행은 서로 인접한 두 골짜기 안에서 일주일을 보낸 셈이다. 현재까지 발굴된 이쪽 방면의 지리산 유람 기록 중 남명 일행이 가장 장기간 체류한 유람이었다.

언제 그치려나, 비에 발이 묶이다

남명 일행이 이처럼 오랜 기간 머물게 된 것은 비 때문이었다. 그들 일행이 쌍계사에 들어간 것은 16일 저녁이었고, 다음날 17일에는 온종일 큰 비가 내려 절간에서 꼼짝 않고 지냈다. 그 다음날인 18일에는 전날 내린 비로 산길이 질펀하고 미끄러워 불일암에 올라가지도 못하고, 시냇물이 불어나 신흥사에도 들어가지 못한 채 또 하루를 쌍계사에

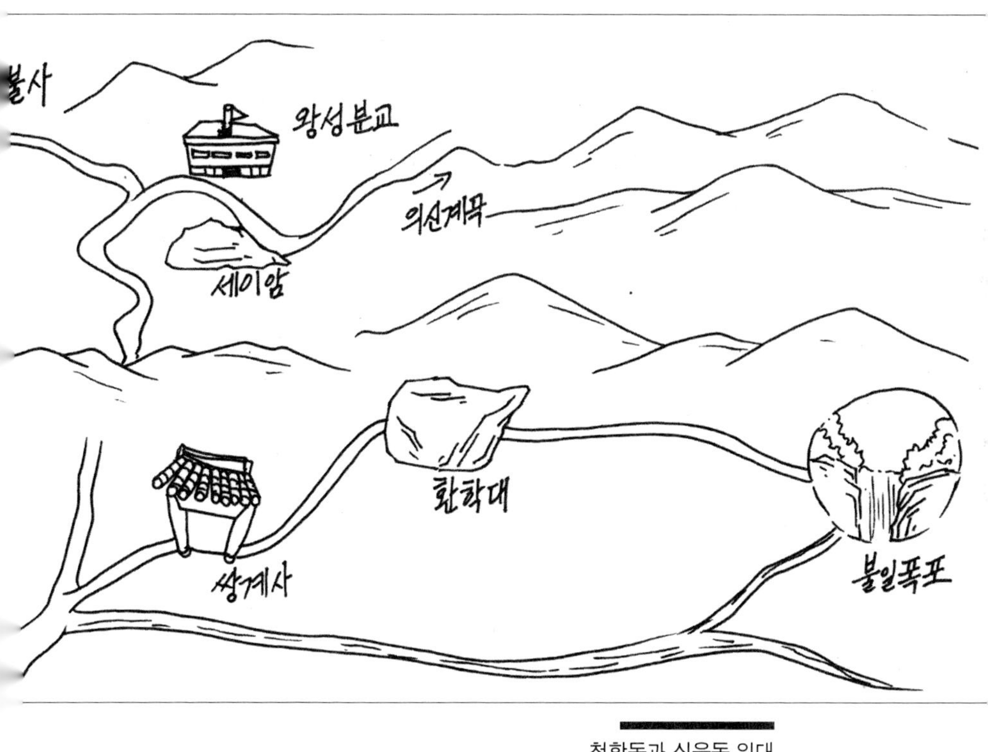

청학동과 신응동 일대

서 보냈다.

그뿐인가. 19일에야 겨우 불일암 일대를 유람한 후 20일 신응동으로 들어갔는데 그 다음날인 21일 또 종일 큰비가 내렸고, 이틀 간 끊임없이 내리던 비는 다음날 22일 저물녘에야 그쳤다. 일주일 가까운 시일 동안 겨우 하루 반나절 정도만 맑은 날씨였고 연이어 비가 내렸던 것이다. 게다가 며칠 전에 내린 비로 불어난 계곡물이 채 줄기도 전에 또 큰비를 보탠 것이니, 계곡의 돌다리도 모두 잠긴 지 오래되었다. 이번에도 영락없이 절간에 갇힌 신세가 되었던 것이다. 남명은 이때의 심정을 '한 고조漢高祖가 백등산白登山에서 흉노족에게 7일 동안 포위되었던 상황'과 같다고 하였다. 이 표현을 통해 천하의 남명도 당시 꽤나 긴장하고 있었음을 느낄 수 있다. 남명이 누구이던가. 문정왕후文定王后를 '궁중의 과부'로, 명종을 '아비 없는 홀어미의 응석받이 고아'로 일컫던 그 장본인이 아닌가.

그래서일까. 그때 절간에 갇혀 있던 남명 일행은 모두 40여 명이었다. 남명은 이런 사태가 장기화 되면 사람 수에 비해 양식이 모자랄까 염려하여, 남은 양식을 헤아려 본 후 평소의 절반으로 줄이도록 하였다. 어지간히 긴장했었나 보다. 이러한 긴장은 일행들도 마찬가지였다. 유람을 떠나온 지 열흘이 지났건만, 남명은 그때까지도 술이 넉넉히 남아 있다고 하였다. 대부분의 사람들도 긴장하여 술을 마실

만큼 흥겹지 않았기 때문이리라.

이때 내린 비는 남명 일행 뿐 아니라 당시 지리산 유람에 나섰던 다른 사람들까지 곤경에 빠뜨렸던 모양이다. 「유두류록」에 의하면, 신흥사에 갇혀 있던 남명은 당시 천왕봉에 올랐던 고봉高峰 기대승奇大升(1527~1572) 일행 11명도 비로 인해 산길이 막혀 내려오지 못하고 있다는 소식을 접하게 된다.

남명의 유람은 음력 4월이었으니, 초여름 장마가 시작될 무렵이었다. 산행에 있어 장마비가 변수變數인 것은 분명하다. 그렇다고 이렇게 며칠 째 비가 내린단 말인가. 남명의 유람은 발굴된 지리산 유람록 가운데 비가 가장 많이 내린 유람이었다.

지리산 청학동은 바로 이곳!

남명의 유람 일정을 다시 한 번 눈여겨 살펴보자. 그들은 쌍계사에서 이틀, 불일암과 불일폭포를 유람한 후 다시 쌍계사, 그리고 신흥사에서 이틀을 보냈다. 결국 그들이 유람한 곳은 세 곳뿐이었다. 그 세 곳에서 일주일 이상을 머문 것이다. 더구나 매번 큰 비에 발이 묶여 절간을 나가지도 다른 장소로 이동하지도 못한 채 갇혀 있는 날이 많았다. 지루했을 법도 하다.

남명이 유람한 이 일대는 조선시대 문인들이 이상향으로

최치원(경주최씨문중)

인식한 청학동青鶴洞이다. 조선시대 청학동은 여러 곳이 있었다. 구한말의 통계에 의하면, '청학동' 내지 '청학리青鶴里'라는 지명은 전국적으로 모두 10개 도 45곳에 분포하고 있다. 대략 남쪽지역은 지리산 인근에서 나타나고, 그 외는 중부지방 위쪽에 분포되어 있다.

현재 지리산 청학동은 경상남도 하동군 청암면 묵계리默溪里의 도인촌道人村을 비롯하여 청학선원 삼성궁, 산청군 시천면 고운동孤雲洞, 하동군 악양면 매계리梅溪里와 화개동

천花開洞天 불일폭포 부근, 지리산 세석평전 근처 등이 세인의 입에 오르내리고 있다. 가장 널리 알려진 곳은 청암면 묵계인데, 이는 근년에 대중매체를 통해 조성된 청학동이다.

이 가운데 조선시대 문인들이 인식한 청학동은 쌍계사와 불일폭포 주변으로 일관되게 나타난다. 그 공간적 범위를 구체화한다면 불일암과 불일폭포 일대를 중심으로 하되 쌍계사 주변과 신흥사가 있었던 신응동 계곡까지 아우르며, 그 외연을 확대한다면 그 위쪽의 칠불사까지도 포함시킬 수 있다. 이곳의 입지조건이 무릉도원武陵桃源과 흡사하여 청학동으로 일컬어졌는데, 예컨대 그곳에는 빼어난 절경뿐만 아니라 불일암에서 공부하던 최치원崔致遠이 신선이 되어 날아갔다는 전설과 함께 한 쌍의 청학도 깃들어 있어, 무릉도원의 입지조건을 모두 갖춘 셈이었다.

이처럼 화개동 일대가 청학동으로 인식된 데에는 신라의 최치원과 고려시대 이인로李仁老(1152~1220)의 영향이 절대적이었다. 최치원은 신라 말에 당나라로 유학하여 문명을 떨친 후 귀국했으나, 그를 맞이한 건 변함없는 신분제의 한계와 이미 말기적 폐단을 드러내고 있는 현실이었다. 세상에서 자신의 이상을 실현할 수 없음을 알고서 결국 방랑의 세월로 일관하였고, 때문에 전국의 절경인 곳이라면 그의 발자취 하나쯤 남아전하지 않는 곳이 없다. 그런 그가 아름다운 이 화개동의 경관을 그냥 지나쳤을 리 있었겠는가. 더구나 쌍계사·불일암 등의 고찰은 그의 발길을 멈추기에 충분했으리라.

이인로는 무신정변武臣政變이 일어난 뒤의 불안한 정국에 염증을 느껴 은거를 결심하였고, 그 장소를 물색하던 도중 평소 지리산 청학동에 대해 들었던 기억을 떠올리며 막연히 그곳을 찾아 떠났다.

> 지리산은 두류산頭留山이라고도 한다.……옛 노인이 서로 전하여 이르기를 "이 산에 청학동이 있는데, 길이 매우 좁아서 겨우 사람이 통행할 수 있다. 구부리고 엎드려 몇 리를 가야 넓게 트인 땅이 나타난다. 사방이 모두 좋은 밭과 기름진 땅으로 씨를 뿌리고 나무를 심을 만하다. 청학이 그 가운데 깃들어 살므로 청학동이라 부르게 되었다. 대개 옛적에 속세를 등진 사람이 살던 곳인데, 무너진 담장과 집터가 아직도 가시덤불 속에 남아있다."고 하였다.
>
> 〈이인로, 『파한집破閑集』〉

이인로가 말하는 청학동은 도연명陶淵明의 「도화원기桃花源記」의 무릉도원과 흡사하다. 세상 사람들이 쉬이 찾을 수 없는 곳, 그러나 한 번 들어가면 그곳에선 먹고사는 것을 걱정하지 않을 만큼 자급자족이 가능한 곳이다. 게다가 청학까지 깃들어 사는 곳으로, 세상과 동떨어져 숨어살기에 안성맞춤인 곳이 바로 청학동이다. 이인로는 지리산 청학동을 찾아 이 화개동으로 왔던 것이다.

그런데 그는 청학동을 발견하지 못하고 돌아갔다. 구례 화엄사華嚴寺를 지나 화개에 이르러 신흥사까지 갔지만, 결국 청학동을 찾지 못한 채 바위에 시 한 수를 남기고 돌아갔다. 그가 신응동의 신흥사까지 갔는데도 결국 청학동을 찾지 못했다는 기록에 의거하여, 조선시대 문인들은 청학동의 구체적인 실제공간을 이인로가 가보지 못했던 쌍계사 위쪽 불일암과 불일폭포 주변으로 한정시켰던 것이다.

1472년 함양군수로 재직 시 용유담龍游潭과 군자사君子寺를 거쳐 천왕봉에 올랐던 점필재佔畢齋 김종직金宗直은 길 안내를 맡았던 승려 해공解空이 악양현의 북쪽을 가리키며 청학사青鶴寺가 있는 곳이라 하자, "아! 이곳이 옛 사람이 이른바 신선이 놀던 곳이라는 데인가? 이곳은 속세와 그리 멀지 않은데 이공李公이 어째서 못 찾았을까?"라고 하여, 자연스레 청학동을 찾아왔던 이인로를 연상시키고 있다. 추강秋江 남효온南孝溫(1454~1494) 또한 쌍계사와 불일암 일대에 이르러 이인로의 시를 떠올리며 "그는 성문 안 쌍계사 앞쪽을 청학동이라 여긴 것이 아닐까? 쌍계사 위 불일암 아래에도 청학연青鶴淵이 있으니, 이곳이 청학동인 것은 의심할 나위가 없다."라고 하였다.

무릉도원도

이후 미수眉叟 허목許穆(1595~1682)이 「지리산청학동기智異山青鶴洞記」에서 "청학동은 쌍계석문雙磎石門 위쪽에 있다.……쌍계 북쪽 절벽에서 산굽이를 따라 암벽을 부여잡고 오르면 불일암 앞의 우뚝한 석벽에 이른다. 거기에서 남쪽을 향해 서면, 바로 청학동이 굽어보인다."고 하였는데, 허목의 이 언급은 지리산에서의 청학동 영역을 확정하는데 쐐기를 박은 것이나 다름없었다. 이로부터 뒷시대에 이곳을 유람한 변사정邊士貞·양대박梁大樸·성여신成汝信·조위한趙緯韓·양경우梁慶遇 등 수많은 문인들은 이 일대를 지리산 청학동으로 인식하는데 주저하지 않았다. 현실과 부합符合할 수 없었던 최치원과 이인로가 청학동을 찾아 화개동 일대로 들어와 남긴 족적과 글은, 이후 조선시대 문인에게 이곳을 이상향의 상징으로 인식하게 만들었던 것이다.

이인로가 지리산 청학동에 대한 공간적 범위를 한정시켜 주었다면, 최치원은 청학동에 대한 관념적 형상을 심화하고 고착시킨 인물이라 할 수 있다. 그가 처했던 현실의 불우不遇, 만년의 은거 등이 조선조 문인들의 공감대와 동경을 불러일으킨 것이다. 현실에서 고뇌하는 삶의 자취에서는 동질감을 느끼면서도, 만년의 은거는 이를 벗어던진 탈속적 존재로 인식케 하였다. 그들 스스로는 현실과 이상 사이에서 끊임없이 갈등하면서도 결코 현실을 등질 수 없는데, 그 결단을 과감히 결행한 최치원을 이상적 인물로 형상

화하였던 것이다. 최치원을 현실 속 인물이 아니라 관념적 이상 속에 사는 자유로운 영혼으로 동경하였고, 이러한 동경은 선계仙界에 사는 신선神仙의 형상으로 심화되었으며, 급기야 지리산 청학동을 상징하는 형상으로 고착화하였던 것이다.

그러나 생전 지리산에 살지 않았던 최치원이 청학동의 상징적 인물로 인식된 계기와 그 시기는 확실치 않다. 김부식金富軾의 『삼국사기三國史記』 열전列傳에는 최치원이 '지리산 쌍계사에서 노닐었다'고만 되어 있을 뿐 지리산에 살았다는 기록이 없다. 그럼에도 불구하고 후인들은, 특히 많은 조선조 문인들은 지리산에서 최치원을 찾았다. 그리고 그들 기억 속의 최치원은 청학을 타고 날아간 신선의 모습이다. 최초의 지리산 유람록의 저자인 청파靑坡 이륙李陸(1438~1498)의 「유지리산록遊智異山錄」에 "최문창崔文昌이 이곳에서 책을 읽으면 신령스런 용이 그때마다 나와 그 소리를 들었고, 학도 그 소리에 맞춰 공중을 날며 춤을 추었다. 어떤 때는 최공이 허공에다 '한 일자[一]'를 그려 다리로 삼아서 왕래하기도 하였다."라고 한 기록을 비롯하여, 최고운崔孤雲은 아직도 죽지 않고 청학동에 살아있다는 등의 속설이 조선초기 유람록에서부터 등장한다. 이를 보면, 청학동에 투영된 최치원 관련 인식은 훨씬 이전부터 형성되었던 것으로 보인다.

남명 또한 이 일대를 청학동으로 인식했음은 물론이다. 그 역시 지리산 청학동을 찾아 이곳으로 유람을 왔던 것이다. 남명은 이곳에서 유유히 날고 있는 두어 마리의 청학을 보았다. 그럼 지금부터 남명과 함께 지리산 청학동을 찾아 올라가 보자.

III 지리산 청학동에 남은 남명의 흔적들

1. 사슴 정강이만큼이나 깊고 크게 새겼구나, 쌍계석문 석각

섬진강을 따라 배를 타고 온 남명 일행은 화개나루에서 하선한 후 화개천을 끼고 쌍계사를 향해 올라갔다. 매년 4월이 되면 벚꽃이 만개하여 유람객들로 북적대는 '십리 벚꽃 길'로 알려진 바로 그 길이다. 그 길을 따라 걸어 들어가면 오른쪽으로 형제봉이 솟아있고 그 너머로 지리산의 여러 봉우리가 시야에 들어온다. 높은 산봉우리가 양쪽을 감싼 듯 둘러있고, 가운데를 흐르는 화개천 곁으로는 들이 펼쳐져 있다. 마치 큰 항아리 속으로 걸어 들어가는 듯한 착각마저 들게 한다.

그렇게 한참을 가다가 들이 끝나는 지점에 쌍계雙溪가 있

쌍계석문

다. 쌍계는 쌍계사 뒤쪽 불일폭포에서 내려오는 물줄기와 신응동에서 흘러내린 두 물줄기가 만나기 때문에 이름 붙여졌다고 한다. 그 쌍계천을 건너면 오른쪽 골짜기에 천 년의 고찰古刹 지리산 쌍계사가 있다.

'쌍계석문雙磎石門'은 쌍계사로 들어가는 입구 양쪽에 위치하여 대문 역할을 하는 바위에 새긴 글씨이다. 양쪽 바위에 각각 '쌍계雙磎'와 '석문石門'이란 두 글자가 새겨져 있다.

지금은 계곡과 멀찍이 떨어진 오른쪽에 도로를 내고 대형 주차장과 상가 및 노점들이 즐비하여, 유람객들이 대개 그쪽 길로 오르다보니 이 석문을 모르고 지나치기 일쑤이고, 심지어는 그 존재조차도 모르고 이 일대를 다녀가기도 한다.

그렇지만 이전에는 이곳이 쌍계사로 들어가는 진입로였다. 쌍계사로 들어가는 산길은 불일폭포에서 쏟아져 내려오는 계곡 가에 바싹 붙어서 나 있고, 현재도 그 지류 하나가 쌍계사 가운데를 가로질러 흘러내리고 있다. 때문에 쌍계사는 우리나라 사찰 중 유난히 계곡물 소리가 요란한 절간 중 하나이다. 사시사철 물소리가 시끄러운 절간이라고 하겠다.

을사늑약이 있던 1905년 여름 쌍계사를 찾은 희암希庵 양재경梁在慶(1859~1918)은 이 길을 오르며 다음과 같이 언급하였다.

> 절은 동쪽과 서쪽 시내 사이에 있는데, 시냇물이 콸콸 소리를 내며 산을 뚫고 나와 돌을 굴리며 흐르고 있었다. 옥이 구르는 듯한 곳은 거문고와 축筑 소리 같았고, 격렬하게 흐르는 곳에서는 마치 우레 소리 같았다. 석불石佛의 귓가에는 시끄럽지 않은가 모르겠다. 세상의 시비是非가 그 요란함으로 인해 이르지 못하게 하므로 그들이 고요하게 여기는 것이리라.
>
> 「유쌍계사기遊雙溪寺記」

쌍계사의 두 물줄기

'동쪽과 서쪽으로 난 시내'라 함은 바로 절간을 가로지르는 물줄기와 그 곁으로 난 계곡을 흐르는 물줄기를 이른다. 쌍계사 위쪽은 골짜기가 깊어 아무리 가뭄이 들어도 물줄기가 마르지 않는 것으로도 유명하다. 사철 계곡물이 마르지 않을 뿐만 아니라, 봄비가 잦은 계절이나 장마가 지는 우기雨期에는 곁에 있는 동행자의 말소리조차 들리지 않을 만큼 요란하게 소리를 내며 흐른다. 그 속에 들어앉은 부처는 시끄럽지 않은지 모르겠다며, 세상사의 시비가 이르지 못하게 하려고 일부러 시끄럽게 소리내며 흘러간다는 그의 말에서, 위태로운 한말시대를 살아가는 지식인의 고뇌를 느끼게 해 준다.

쌍계석문도 그 계곡 가에 바싹 붙어서 버티고 서 있다. 쌍계사 위쪽 청학동에 은거했던 최치원의 글씨라 전해지며, 현재까지도 그 자리를 지키고 있다. 언제 누구에 의해 석각되었는지는 자세하지 않으나, 이인로의 「청학동靑鶴洞」 시에도 '이끼 낀 바위에는 네 글자가 희미하였다.'고 언급한 것을 보면, 조선시대 이전부터 실재했음을 알 수 있다.

쌍계석문이 위치한 이곳은 조선시대 지리산 청학동의 입구에 해당한다. 따라서 쌍계석문은 청학동으로 들어가는 첫 관문이었으며, 청학동의 주인 최치원과 첫 만남의 장소였다. 관련 기록은 20세기 중반까지 지속적으로 나타나며, 특히 임진란 이후인 17~18세기에 집중적으로 보인다. 대체로는 탁영濯纓 김일손金馹孫(1464~1498)이 '어린아이가 습자習字한 글씨 같다.'고 폄하했던 것과 달리, 이후로는 줄곧 최치원의 친필로 인정하면서 서체를 품평하는 내용이 많다.

> 쌍계석문에 이르렀다. 최고운의 필적이 바위에 새겨져 있었는데, 글자의 획이 마모되지 않았다. 그 글씨를 보건대, 가늘면서도 굳세어 세상의 굵고 부드러운 서체와는 사뭇 다르니, 참으로 기이한 필체다. 김탁영은 이 글씨를 어린아이가 글자를 익히는 수준이라고 평하였다. 탁영은 글을 잘 짓지만, 글씨에 대해서는 배우지 않은 듯하다.
>
> 〈유몽인, 유두류록 중〉

> 바위 하나에 각각 두 글자씩 새겨져 있었는데, 필획이 정돈되어 있고 서체가 엄격하며 칼과 창이 교차한 듯하니, 참으로 최치원의 친필이다. 찡하니 가슴이 뭉클하여 말에서 내려 우두커니 바라보았다. 대체로 당대唐代의 명필로 모두 저수량褚遂良·안진경顏眞卿을 말하면서 최학사崔學士만은 일컫는 말을 듣지 못했으니, 외국 사람이기 때문이 아니었을까? 저수량은 논하지 않더라도, 안진경의 마애비각본磨崖碑刻本을 본 적이 있는데, 결코 여기에 미치지 못했다.
>
> 〈양경우, 지리산유람록 중〉

유몽인은 문文·시詩·서書에 두루 뛰어나 당시 문단文壇의 중심에 있던 인물이었지만, 위의 기록에서 보듯 최치원에 대해서는 문장보다 글씨에 대한 칭송으로 일관한다. 특히 최치원의 서체에 유독 관심이 많아, 어려서부터 그의 서첩을 구해 익힐 만큼 매료되어 있었다. 유몽인은 김일손의 안목을 폄하하면서까지 그의 글씨를 높이 평가하고 있다. 양경우는 당나라 최고의 서예가인 안진경보다 더 우월한 솜씨라 자부하면서, 자국인이 아니라는 이유로 중국에서 정당한 평가를 받지 못했음을 못내 아쉬워하고 있다.

이외에도 송광연宋光淵(1638~1695)은 '필력이 서까래처럼 곧고 힘차다.'고 평한 후 "그런데 탁영은 글자를 익히는 아이의 글씨에 비유하였다. 무슨 소견으로 그렇게 말했는지 모르겠다."고 하여, 그 역시 최치원의 글씨를 칭송하였다. 조위한趙緯韓(1558~1649)은 "네 개의 큰 글자가 장엄하여, 용과 이무기가 뒤엉켜 승천하는 듯하고, 칼과 창을 비스듬히 잡고 서 있는 듯하다."고 하였고, 오두인吳斗寅(1624~1689)은 "글자의 획이 매우 기이하고 예스러웠다."라고 칭송하였다. 대체로 최치원의 글씨로 인정하고, 그리고 '참 잘 썼다'는 품평이 일관되게 나타난다.

그런데 쌍계사에는 또 하나의 중요한 최치원 유적이 있다. 바로 진감선사대공탑비眞鑑禪師大功塔碑이다. 이는 최치원이 왕명에 의해 쌍계사를 중창한 승려 혜소慧昭의 사적事

蹟에 대해 직접 글을 짓고 글씨를 쓴 유일한 사적史籍이다. 국보 제47호로 지정되어 있다. 그 내용까지 섭렵한다면, 대공탑비는 최치원의 사상과 문장력 및 글씨까지 망라해 볼 수 있는 대표적 유적이다. 지리산 유람록에 나타난 최치원 관련 언급은 대개 이 대공탑비에 집중적으로 나타난다.

이에 관한 글은 조선 말기까지 지속적으로 그리고 다양한 기록으로 남아 있다. 글씨와 문장에 대한 언급, 그의 불우에 대한 연민, 무엇보다 최치원의 사상에 대한 비판이 강하게 표출되고 있다. 왕명에 의해 찬술되었다고는 하나, 승려의 일대기와 업적을 칭송했다는 점과, 내용면에서 유자儒者로서의 사상과 정신이 혼재되어 나타나기 때문에, 조선 말기까지 불교를 옹호했다는 비판을 면치 못하는 대표적 유적이다.

그런데 남명은 이 두 유적 가운데 진감선사대공탑비에 대해서는 그냥 그런 비석이 있다는 정도로만 언급한 반면, 쌍계석문 석각에 대해서는 그 역시 최치원의 글씨로 인정하고 '사슴 정강이만큼이나 깊고 크게 새겼다.'고 감탄하였다. 나아가 '지금까지 천 년의 세월이 흘렀는데, 앞으로 몇 천 년이나 더 남아 있을지 모르겠다.'는 말로써 감회를 표출하였다.

필자가 소속한 지리산권문화연구단에서는 〈지리산권 문화 연구〉에 대한 연구 연차年次가 거듭되면서 산출되는 성

쌍계사 전경

과를 사회에 환원하고 대중과 소통하기 위해 〈지리산인문학〉이란 이름의 시민강좌를 5년째 진행하고 있다. 문화적으로 소외된 지리산권역 지역민을 대상으로 지리산과 지리산 관련 인문학을 홍보하는 동시에 그들의 지적 문화적 욕구에 부응하는 교양강좌이다. 한 학기를 단위로 강의실 수업이 주를 이루나, 답사를 통한 현장체험을 겸하는 형태로 진행하고 있다. 때문에 지리산권역 여기저기를 인솔하거나 동행하는 답사 기회가 많은 편이다.

작년 1학기 강좌 때 나는 〈지리산인문학〉 수강생들을 여기 남명의 유람 코스로 안내하였다. 쌍계석문 앞에 이르러, 남명을 비롯한 역대 유람자들의 그 글씨에 대한 품평들을 들려주고는, 그들의 견해를 물었다. 선뜻 답하는 이가 없었다. 그리고는 쌍계사 경내로 들어가 진감선사대공탑비문을 둘러본 후 이 또한 최치원의 친필이라 소개하였다. 그러자 수강생 중 오랫동안 글씨를 써 온 한 분이 조용히 내게 다가오더니 나직이 말하는 것이었다.

> 쌍계석문 글씨를 볼 때는 '창과 칼을 맞세우고 있는 듯하다'는 품평이 참 적절하다고 느꼈는데, 지금 이 탑비를 보니 그와는 정반대로 얌전하고 진중한 글씨네요. 아무래도 쌍계석문 글씨가 최치원의 솜씨가 아닌 것 같습니다.

진감선사대공탑비는 사적史籍이니 최치원의 글씨임에 틀림없고, 그 글씨를 제대로 본 사람이라면 쌍계석문 글씨를 의심하는 것은 당연한 수순이다. 그런데도 뭔가 중요한 역사적 사실을 알려주려는 듯 진지하게 말씀하시던 그 분의 표정을 보고 나도 모르게 입가에 웃음이 번졌다.

쌍계석문 글씨는 진품일까?

쌍계석문에 대한 남명의 품평은 이후 이곳을 찾는 후인들에게 그대로 인용되었다. 남주헌南周獻(1769~1821)도 '글자의 획이 사슴 정강이 정도 크기'라 하였고, 진주사람 하익범河益範(1767~1815)도 '필획의 크기가 사슴 정강이만 했다.'고 기록하고 있다. 두 사람은 1807년 3월 같은 날짜에 서로 다른 일정으로 이곳을 유람하였으니, 남명과는 거의 200년 이상 시간차가 있다. 그들이 본 석문의 글씨는 남명이 본 그 글씨였을까. 또한 현재 쌍계사 진입로를 지키고 있는 '쌍계석문' 석각은 남명이 본 그 글씨일까.

지리산 유람록에서 쌍계석문 글씨에 대해 언급할 때는, 대체로 "양쪽 바위에 '쌍계'와 '석문' 두 글자가 각각 새겨져 있었다."고 하는 경우가 일반적인데, 간혹 글씨의 방향과 위치를 표현한 이도 있다.

예컨대 남명은 "검푸른 빛깔의 바위가 양쪽으로 마주보고 서서 한 길 남짓 열려 있는데, 그 옛날 학사學士 최치원이 오른쪽에는 '쌍계', 왼쪽에는 '석문'이라는 네 글자를 손수 써놓았다."고 하였다. 박래오朴來吾(1713~1785)는 "동쪽 바위에는 '쌍계', 서쪽 바위에는 '석문'이라고 새겨져 있었다."고 하였고, 유문룡柳汶龍(1753~1821)은 「유쌍계기遊雙磎記」에서 "대문과 같은 큰 바위가 있었는데, 왼 바위에는 '쌍계', 오른 바위에는 '석문'이라 새겨져 있었다."고 언급하였

쌍계석문

고, 남주헌은 "오른쪽 바위에는 '쌍계', 왼쪽 바위에는 '석문'이라 새겨져 있었다."고 하였다. 근세기 유람록 중에서는 전기주全基柱(1855~1917)가 「유쌍계칠불암기遊雙溪七佛庵記」에서 "오른쪽에는 '석문' 두 글자가, 왼쪽에는 '쌍계' 두 글자가 새겨져 있었다."고 하였고, 회봉晦峰 하겸진河謙鎭(1870~1946)은 "최치원이 그 바위의 오른쪽에 '쌍계', 왼쪽에 '석문'이라 써 놓았다."고 하였다.

굳이 '쌍계'와 '석문'이란 글씨를 반복해서 인용하는 것은, 그들의 언급은 모두 쌍계사로 들어가면서 글씨를 바라본 것인데, 그 방향과 글씨가 엇갈리고 있기 때문이다. 물론 유람록은 유람을 마친 후 기억에 의지한 기록이니만큼 '착각'에 의한 오류를 감안한다 하더라도, 이들이 본 쌍계석문 글씨는 분명 같은 것이 아님을 알 수 있다. 특히 남명은 1558년에, 박래오는 1752년, 유문룡은 1799년, 남주헌은 1807년, 전기주는 1883년에, 그리고 하겸진은 1899년에 쌍계석문을 찾았으니, 이들의 유람 시기를 비교해 보면 더욱 명확해진다.

무엇보다 현재 쌍계석문 글씨의 위치는 하겸진의 언급과 서로 반대 위치에 새겨져 있다는 점을 눈여겨 볼 필요가 있다. 그렇다면 현재의 글씨는 20세기에 들어와 누군가에 의해 새로이 석각된 것이란 말인가. 1901년 4월 악양과 청학동 일대를 유람했던 하동 북천사람 문진호文晉鎬(1860~1901)

는 쌍계석문 석각에서 20년 전에 보았던 기억을 떠올리면서 "바위면의 석각은 근년의 방백方伯과 수령이 새긴 것으로, 모두 낯설었다."라고 하였다.

그럼에도 불구하고 '쌍계석문' 석각은 천여 년이 넘는 세월 동안 쌍계사 입구를 지키며 그 오랜 역사를 견뎌내고 있다. 지금은 곁으로 포장된 대로가 생겨 아무도 찾아주지 않지만, 오늘도 그저 묵묵히 제자리를 지키며 세월을 버티고 서 있다.

2. 절간을 위한 변명, 쌍계사 이야기

남명 일행은 갑작스런 폭우로 쌍계사에서 사흘을 묵었고, 그 다음날 청학동을 다녀온 후에도 하루를 더 유숙하였다. 유람에 함께 하던 동행들을 이런저런 이유로 자의반 타의반 돌려보내고도 신흥사에 들어갔을 때 40여 명이라고 했으니, 쌍계사에 머무르고 있을 때는 그 수가 훨씬 많았을 것이다. 그 많은 일행이 사나흘씩이나 쌍계사에 틀어박혀 꼼짝 못하고 있었던 것이다. 그 손님들을 치러 내는 쌍계사 승려들은 어땠을까. 그것도 고만고만한 사람들이 아니라 조선에서 내로라하는 대학자들의 유람이 아닌가. 더구나 현직 진주목사인 김홍의 손님들이 아닌가. 쌍계사 입장에서도 이래저래 맘고생이 만만찮았지 싶다. 쌍계사에서는 큰스님이 사용하던 방장실方丈室까지 내주었다.

그런데도 남명은 쌍계사에 대해 이런저런 말이 없다. 사나흘을 같은 공간에 있었으면서도 승려의 행위나 일화 등에 대해서는 일체 언급이 없다. 기껏해야 그들 일행이 도착했을 때 '이 절의 승려 혜통惠通과 신욱愼旭이 차와 과일을 내오고, 산나물을 곁들여서 빈주賓主의 예로 우리를 대접하였다.'라는 정도이다. 그리고는 내내 사람 이야기뿐이다. 절간이나 승려 이야기가 아니라, 세상사를 부딪치며 살아가는 자신들의 이야기뿐이다. 매정하리만치 야박하다. 괜스레 절간과 승려를 위한 변명이라도 해주고픈 안타까움이 일었다.

조선시대 선현들의 지리산 유람은 지금처럼 당일로 이루어지는 경우가 없었기 때문에, 산행 도중 유숙留宿은 필수였다. 그때 숙박처가 된 곳은 대체로 절간이었다. 지리산 유람의 각 코스에는 대표적인 숙박처로 이용된 사찰이 꽤 많았다. 중산리~천왕봉 간 코스에는 법계사가 유일한 숙소였고, 함양에서 천왕봉으로 오르는 코스에는 유람 시작 지점에 있던 군자사君子寺가 베이스캠프basecamp 역할을 하였다. 그리고 청학동만을 위한, 또는 청학동~천왕봉 간 산행에서는 여기 쌍계사와 신흥사가 대표적인 숙박지였다. 불일암은 쌍계사에 딸린 조그만 부속건물이어서 여러 사람의 유숙이 불가했고, 또 이쪽 방면 유람은 청학동이 주요 목적지인데다가 쌍계사는 청학동으로 오르는 초입에 해당하는 대찰大刹이었기 때문에, 신흥사나 인근의 칠불사보다는 훨씬 많은 사람들이 찾았던 곳이다. 지금도 마찬가지지만, 하루가 멀다 하고 유람객을 맞았다.

여기서 잠시 조선시대 지리산권의 사찰과 승려에 대해 언급해 보자. 지리산은 우리나라 어떤 명산보다도 사찰이 많은 곳으로, 사찰박물관을 방불케 한다. 지리산 유람에 있어 사찰과 승려의 역할은 절대적이었다. 지리산 속의 수많은 사찰은 유람자에게 숙식을 제공하였고, 승려는 길 안내는 물론 산 속에서 만나는 온갖 어려움을 해결해주는 든든한 후원자였다. 군자사의 경우 이처럼 거듭되는 사대부의 유람과 부역으로 인해 점점 황폐해졌다는 기록도 보인다. 1586년 9월 지리산을 유람했던 청계青溪 양대박梁大樸(1544~1592)의 「두류산기행록頭流山紀行錄」에 의하면, 그가 군자사에 들렀을 때 행랑채는 반쯤 무너지고 불전佛殿이 적막하였는데 그 까닭을 물으니, '유람객이 연이어 찾아오고 관청의 부역이 산더미처럼 많으니, 중들이 어찌 줄어들지 않을 것이며, 절이 어찌 옛 모습 그대로 보존할 수 있겠습니까.'라고 그곳 승려가 하소연을 했다고 한다. 사찰이 유지될 수 없을 만큼 많은 유람자가 찾아왔고, 이들 뒷바라지에 절간이 피폐해졌던 것이다.

산행에서 승려의 역할은 더욱 절대적이었다. 대체로 산행을 준비하는 유람자는 먼저 길을 안내할 사람과 짐꾼, 남여藍輿를 멜 사람 등 산행에서 자신을 보필할 인력을 물색하였다. 주로 짐꾼은 자신이 거느리던 노복이나 종자從者들로 충당했고, 안내는 승려가 전담하였다.

출발에 앞서 친분 있는 승려를 통해 산길에 밝은 자를 소개받거나, 유람 일정 동안 거치게 될 사찰에 통보하면 안내를 맡을 승려가 미리 대기하고 있기도 하였다. 유람자 일행이 도착하기도 전에 몇 백리 앞까지 마중을 나와 한참을 기다리는가 하면, 유람 도중 유람자를 위해 남여를 메거나, 폭우로 인해 개울물이 넘쳐나면 나무를 베어 다리를 놓거나, 때로는 업어서 건네주는 위험을 감수하기도 하였다.

남명 일행의 경우도 예외는 아니었다. 쌍계사에서 발이 묶여 있을 때 신흥사의 지임持任인 윤의允誼가 그 비를 뚫고 내려와서 인사를 하고 돌아갔다. 아마도 오기로 한 날짜에 도착하지 못하게 되자 일부러 발걸음을 한 것이리라. 그 정성을 알아서일까. 남명이 짧게 한마디를 남겼다. '다녀갔다'고. 신흥사에서의 일정을 마치고 돌아갈 때 불어난 계곡물로 어려움을 겪자, 신흥사의 주지住持 옥륜玉綸과 윤의가 나무로 계곡을 가로질러 다리를 만들어 모두 편안히 건널 수 있도록 해주었다. 쌍계사 건너편에 도착했을 때에도 혜통과 신욱이 건장한 승려 몇 명을 데리고 배웅을 나와 냇물

법계사

건너는 것을 도와주었다.

유람자가 현직에 있는 지체 높은 관료이거나 명문가의 후손이라면, 절간에서는 더욱 정성을 다할 수밖에 없었다. 유람자가 대부분 조선시대 유자儒者였던 만큼, 학문이 깊고 경륜이 많은 고승高僧이거나, 한시에 능하여 서로 수창酬唱할 수 있는 인물을 특히 선호하였다. 산중 고사故事에 능통한 자도 간혹 있어 유람 내내 다양한 이야기와 유쾌한 웃음을 선사하기도 하였다.

군자사 터

또한 이들 승려는 유람 동안 일행의 갖가지 어려움을 풀어주는 해결사 역할을 하기도 했다. 김일손이 천왕봉을 오르기 위해 향적사香積寺에 이르자 한 승려가 솥을 걸어 밥을 짓고 있었다. 당시 땔감은 비파나무밖에 없었는데, 그 승려가 이 나무로 밥을 지으면 밥맛이 없을 것이라 알려주기도 하였다. 유문룡 역시 향적사에 이르렀을 때 승려가 말하기를 "이곳을 지나게 되면 물의 성질이 강해져 불을 피워 밥을 해도 익지 않습니다. 이곳에서 밥을 지어 저녁밥과 아침밥을 싸가지고 가야 합니다."라고 하였다. 김일손은 1489년 4월에, 유문룡은 1799년 8월 16일부터 3일 간 지리산을 유람하였다. 두 사람의 유람에는 300여 년의 시차가 있으나, 그들을 안내했던 승려의 길잡이 역할에는 별반 차이가 없는 듯하다. 오랜 기간 전승된 지식을 습득하고 또한 수차례의 경험을 통해 산행에서의 어려움을 미리 예견하고 조언하는 것은 이들 승려의 중요한 역할 중 하나였던 것이다.

우리 연구단은 〈지리산인문학〉 수강생을 비롯해 연구단 학술행사에 초빙된 외국학자들에게 지리산권역을 소개할 때면 으레 이곳 쌍계사와 청학동을 방문하곤 한다. 천왕봉까지 오르지 못할 바에야, 이곳만큼 지리산을 상징적으로 보여줄 곳이 없다고 생각하기 때문이다. 또한 우리가 굳이 이곳으로 국외학자를 인도하는 이유는 바로 쌍계사의 승려 무공無空이 있기 때문이었다. 그는 경상대학교 한문학과에서 석·박사과정을 이수한 쌍계사의 학승學僧이다. 신실하고 진중한 태도로 인해 모두에게 칭송받는 승려이다. 이곳 답사는 늘 그에게 안내를 부탁하였다. 현장의 승려가 직접 설명하고 안내해주는 전문 답사이기에 언제나 좋은 호응을 얻곤 하였다. 그뿐인가. 책상머리에 앉아 글을 쓰다가도 쌍계사 관련 자료가 필요하면 언제든 스님께 요청하기도 했고, 절간 체험이나 주지스님과의 대화 주선 등 학승으로서

무공스님의 안내

처신이 난처했을 법한 부탁을 한 적도 많았다.

한 번은 연구단 내 국제학술대회에 참여한 중국 운남대학雲南大學 민족연구원民族硏究院의 하명河明 원장 일행을 쌍계사로 안내한 적이 있었다. 하 원장은 한 쪽 다리가 불편하였다. 쌍계사 입구 주차장에서 경내까지는 계곡을 따라 제법 비탈진 길을 올라가야 하는데, 하 원장으로서는 불가능한 길이었다. 어쩔 수 없이 무공 스님에게 전화를 했다. 말을 마치기가 무섭게 자동차를 가지고 마중을 나와 주었고, 덕분에 귀한 손님들에게 지리산의 절경과 함께 훈훈한 인심도 전해 줄 수 있었다. 그는 이처럼 자질구레한 잦은 요청으로 귀찮아했을 법도 한데 한 번도 싫어하는 기색을 내비친 적이 없었다.

나는 무공스님을 보면 그 옛날 지리산 유람에 함께 했던 승려가 생각난다. 그때와는 상황이 많이 달라졌지만 말이다. 지금 무공스님은 거창 삼봉산三峰山(1254m) 금봉암金峰菴의 주지로 자리를 옮겨 쌍계사에 없다. 이 책을 집필하기 위해 겨울철 청학동 골짜기를 몇 차례 더 올랐는데, 혹 궁금한 점이 있어 연락을 하면, 지난 겨울 유난히 많이 내린 눈 때문에 꼼짝없이 삼봉산 중턱에 갇혀 있으면서도 이것저것 쌍계사에 대해 열심히 설명을 해주었다. 이래서 늘 미안한 마음이다. 그래서 나는 전화기 너머로 스님에게 한 마디를 툭 던졌다.

스님, 이것도 스님이 짊어지고 가야 할 속세와의 인연이라 생각하시어요.

쌍계사가 으뜸인 이유!!

쌍계사에는 여러 보물이 산재해 있다. 천여 년이 넘는 창건 역사와 진감선사대공탑비를 비롯해 건축물 하나 비석 하나까지도 온통 문화재며 보물로 지정되어 있다. 그 중에서도 쌍계사가 우리나라 제일의 사찰로 이름난 것은 바로 금당金堂 때문이다. 나는 그렇게 생각한다. 쌍계사 금당은 경상남도 유형문화재 제125호로 지정되었다.

쌍계사는 723년 의상대사의 제자인 승려 삼법三法과 대비大悲가 불법을 구하기 위해 당나라에 갔다가 중국 선종禪宗의 육조六祖 혜능대사惠能大師의 정상頂相[머리]을 모셔와 지금의 금당 자리에 봉안함으로써 창건된 절이다. 기록에 의하면 지리산 화개동의 눈 덮인 골짜기 중 칡꽃이 피어있는 곳에 묻으라는 현몽을 얻어 탑을 세우고 봉안하였는데, 지금의 금당 자리가 바로 그 곳이었다고 한다. 9세기 신라 헌강왕 때 진감국사가 크게 번창시켰고, 조선시대에 들어와 벽암선사碧巖禪師가 대대적으로 중수했다고 한다. 이때 금당 영역이 좁다는 이유로 지금의 대웅전을 중심으로 확장하면서, 금당과 본당 두 영역으로 바뀌었다고 한다.

무공스님의 설명에 의하면, 금당에 모셨다는 혜능대사의 정상은 석감石龕을 만들어 땅 밑에 봉안했는데, 지금까지 한 번도 개봉한 적이 없다고 한다. 현재는 금당 내 7층석탑을 세워 봉안하고 있다. 우리나라 사찰 가운데 법당 안에 불상이 아닌 탑을 봉안한 것은 금당이 유일하여 많은 사람의 이목을 끈다. 또한 '금당'이라는 현판 좌우에는 조선후기 명필 추사秋史 김정희金正喜(1786~1856)의 '세계일화조종육엽世界一花祖宗六葉'과 '육조정상탑六祖頂相塔'이라는 글씨가

금당

걸려 있다. 당시 이곳에 거주하던 만허晩虛 스님이 차茶를 아주 잘 만들었는데, 추사가 차를 얻은 보답으로 이 글씨를 써주었다고 전한다.

그러나 이 금당 영역에서 가장 빼어난 것은 금당에서 바라보는 전경前景이다. 유홍준 교수는 『나의 문화유산답사기』에서 영주 부석사浮石寺의 전경을 '국보0호'로 지정해도 좋을 만큼 기막힌 절경이라 칭송하였다. 태백산맥에서 흘러내린 연봉連峰이 만들어낸 광활한 장관을 절간 앞마당으로 끌어들인 가람배치가 일품이기 때문이다.

쌍계사의 경관은 부석사에 비하면 턱 없이 부족하다고 할지도 모르겠다. 부석사 앞마당처럼 넓은 전망이 없어 광활한 느낌도 덜하다. 그러나 쌍계사에는 이 금당이 있다. 1901년 4월 쌍계사 금당에 오른 문진호文晉鎬는 다음과 같이 말하였다.

> 가장 높은 전각이 탑실塔室이다. 탑은 방 한가운데에 서 있으며, 대개 12층탑이다. 동쪽은 영주실瀛洲室(현 동방장)이고 서쪽은 방장실方丈室(현 서방장)인데, 오래도록 앉아 있으면 마음과 눈이 훤해져서 사람으로 하여금 구름 너머로 벗어나는 듯한 기상을 갖게 한다. 우리나라에서 쌍계사가 으뜸인 것은 실로 이 암자 때문이다.
>
> 〈화악일기花岳日記 중〉

필자는 이 글을 접하는 순간 무릎을 쳤다. 어쩌면 내 마음과 이리도 똑같을까. 어느 해 봄날 필자는 혼자 쌍계사를 찾았고, 문진호와 마찬가지로 금당의 동방장 대청마루에 앉았다. 주중인지라 찾는 이도 거의 없어 한적하였다. 한참 동안 그렇게 앉아 눈앞에 펼쳐진 전경을 그저 바라보고 있었다. 얼마나 시간이 흘렀을까. 얼기설기 얽혀 있던 복잡한 마음의 잔상들이 눈앞에 펼쳐진 양쪽 산봉우리를 넘어 저 멀리 구름 너머로 벗어나 흩어지는 느낌이었다. 그리고는 마음이 차분해지고 평온해졌다. 나는 불교신자도 아니고, 그동안 답사나 자료수집 등으로 수많은 절간을 찾았었지만, 이런 경험은 처음이었다. 누구나 자신에게 맞는 절간이 있다더니, 금당이 나에게는 그런 공간이었다. 문진호의 언급처럼 쌍계사가 으뜸인 이유가 바로 이곳 때문이었던 것이다. 나에게는 그랬다.

이후 나는 여러 차례 금당을 찾았다. 쌍계사의 다른 곳엔 눈길도 두지 않고 곧장 이곳에 올라 한참을 앉았다가 내려오곤 하였다. 일설에 이 공간은, 특히 서방장은 기운을 솟구치게 하는 터인지라, 누구든지 이곳에서 눕던가 졸던가 하면 사천왕이 잠을 깨워 24시간 정진할 수밖에 없도록 만든다고 한다. 그래서인가. 이곳은 쌍계사 내에서도 하안거夏安居와 동안거冬安居 기간에 승려의 정진도량으로 사용되고 있다. 덕분에 나는 1년 중 이 기간에는 늘 금당 영역의 초입인 청학루青鶴樓 입구에서 바라만 보다가 돌아오곤 한다.

문진호의 유람 중 남명과 관련한 이야기를 하나 더 소개해 본다. 문진호의 청학동 유람은 정확히 1901년 4월 6일부터 26일까지였다. 당시 하동지역 인사들은 일두一蠹 정여창鄭汝昌의 강학공간이었던 악양정岳陽亭을 수백 년 만에 중

금당에서 바라 본 전경

건하고, 4월 16일 낙성식을 예정하고 있었다. 문진호 일행의 유람은 그 낙성식에 참석을 겸한 것이었다. 성대한 낙성식이 끝난 후 문진호 일행은 17일 쌍계사로 들어갔다. 이틀 전부터 날씨가 내내 흐리더니, 이들 일행이 쌍계사에 든 17일에는 지척도 분간하지 못할 만큼 억수같은 비가 쏟아져 절간에 갇히는 신세가 되었다. 남명 일행이 쌍계사에 갇혔던 때와 같은 날이었다. 문진호는 일행에게 "그 옛날 남명선생이 이곳에서 비에 막힌 것이 실로 4월 17일이었고, 지금 우리가 비에 막힌 것도 같은 17일이니, 참으로 광세曠世의 한 기이한 일입니다. 어찌 한가로이 이야기나 하면서 보내겠습니까?"라고 하였다. 온 좌중이 그 기이한 인연에 깜짝 놀랐다. 그리고는 이내 옷매무새를 추스르고 시를 지으며 엄숙한 시간을 가졌다. 남명은, 남명의 지리산 유람은 후인들에게 이처럼 준엄한 가르침으로 닿아 있었다.

3. 대장부의 이름은 푸른 하늘의 밝은 해와 같아, 바위의 이름 석각

후세에 이름을 남겨 기억되고자 하는 욕구는 인간이 지닌 본능적 욕망 중 하나이다. 너무나 강렬한 욕구이다 보니 그 방법 또한 다양하게 발전되어 왔다. 후손을 통한 종족 번식은 말할 것도 없고, 다양한 기록을 통해 자신의 흔적을 세상에 남기려 애썼다. 이는 식자층識者層일수록 보다 강렬하여, 때로는 허망하기 이를 데 없는 방법들이 사용되기도 하였다. 바로 바위에 이름을 각자刻字하는 방법이다. 산행 도중 만나는 바위에 새겨진 수많은 이름들이 이를 말해준다.

지리산의 절경 중 이름 각자가 많이 전하는 곳으로는 천왕봉 주변의 일월대日月臺, 불일폭포 주변의 완폭대翫瀑臺, 그리고 함양의 용유담龍游潭 바위이다. 이 가운데 완폭대는 청학동의 불일폭포를 완상하던 너럭바위인데, 그곳에 수많은 사람들의 이름이 새겨져 있다고 하였다. 그러나 완폭대는 현재 그 흔적을 찾을 수 없어 확인할 길이 없다. 함양의 용유담은 현 경상남도 함양군 마천면 임천강 상류에 있는 못의 이름으로, 바위 협곡에 움푹 패여 그 깊이가 수십 길이나 된다고 한다. 본래 기우제祈雨祭를 지내던 곳으로, 지리산의 북쪽 경관 중 이 용유담이 가장 빼어나다고 일컬어졌다. 함양 마천에서 백무동 계곡을 따라 천왕봉으로 오르는 코스에서 반드시 거쳐 가던 곳이므로, 특히 많은 사람들의 이름이 새겨져 있다. 그중에는 정여창과 김일손, 그리고 조식 등의 이름이 현재까지도 남아 있는데, 이를 두고서 호사가好事家들은 또 이러쿵저러쿵 말을 옮긴다. 전국의 명산절경에 명암明庵 정식鄭栻(1683~1746)의 발길이 닿지 않는 곳이 없고, 또 그의 이름 각자 하나 없는 바위가 없다고들 하는데, 그것을 어찌 정식이 일일이 돌아다니면서 새겼겠는가.

지리산 유람록에서 각자가 가장 많이 등장하는 곳은 일월대이다. 이는 산행의 최종 목적지가 천왕봉이었기 때문에 그곳에 오른 후의 벅찬 감동을 어떤 형태로든 남기고자 하는 욕구와 어우러져 더욱 많은 흔적을 남겼을 것이다. 산행을 시작할 때 석공을 대동하는 경우가 많았으며, 대체로는 등정한 자 가운데 지체 높은 식자들의 이름을 새기곤 하였다. 남주헌은 등정하여 일행인 경상감사·진주목사·산청군수의 이름을 직접 새겼고, 김영조金永祖(1842~1917)는 '관찰사·암행어사·수령들의 이름이 빼곡히 새겨져 있었다.'고 하였으며, 김택술金澤述(1884~1954)은 "앞뒤로 유람 온 사람들이 써놓은 이름이 많았는데, 아버지와 아들을 함께 써놓거나, 4대를 나란히 써놓아 세보世譜 같은 것도 있었다."고 하였다. 후대로 올수록 천왕봉에 등정하면 반드시 해야 하는 하나의 의식으로 인식했던 듯하다. 때문인지 지금도 일월대 각자 주변에는 이름이 많이 보인다.

이처럼 바위에 이름을 새겨 후세에 남기는 것의 무모함을 호되게 지적한 인물은 단연 남명이다. 그는 비가 그친 19일 아침, 밥을 재촉해서 먹고는 서둘러 청학동으로 들어갔다. 쌍계사 승려 신욱이 길안내를 맡았다. 오암烏巖을 오르려는데, 도중에 있는 큰 바위에는 '이언경李彦憬·홍연洪淵'이라는 이름이, 오암에는 '시은형제柿隱兄弟'라는 글자가 새겨져 있었다. 남명은 이를 보고서 불편한 심기를 다음과 같이 표현하였다.

용유담 석각(상)
남해 금산 석각(좌)
일월대 석각(우)

아마도 썩지 않는 돌에 이름을 새겨 억만 년 동안 전하려 한 것이리라. 대장부의 이름은 마치 푸른 하늘의 밝은 해와 같아서, 사관史官이 책에 기록해두고 넓은 땅 위에 사는 사람들의 입에 오르내려야 한다. 그런데 사람들은 구차하게도 원숭이와 너구리가 사는 숲 속 덤불의 돌에 이름을 새겨 영원히 썩지 않기를 바란다. 이는 나는 새의 그림자만도 못해 까마득히 잊힐 것이니, 후세 사람들이 날아가 버린 새가 과연 무슨 새인 줄 어찌 알겠는가? 두예杜預의 이름이 전하는 것은 비석을 물속에 가라앉혀 두었기 때문이 아니라 오직 하나의 업적이 있었기 때문이다.

진晉나라 두예는 자신의 이름을 후대에 전하기 위해 자신의 공적을 새긴 비석 두 개를 만들었다. 하나는 현산峴山 꼭대기에 세우고, 다른 하나는 만산萬山 기슭의 못 속에 가라앉혀 두었다. 그러나 두예는 정작 『춘추좌씨전春秋左氏傳』의 주석서註釋書인 『좌씨경전집해左氏經傳集解』를 지은 업적으로 후대에 이름을 남기게 되었다. 남명은 돌에 새겨진 이름들을 보며 두예가 그랬던 것처럼, 허명虛名을 전하려 애쓰는 속인들의 속성을 꼬집었다. 뒤에서 자세히 언급되겠지만, 그는 이번 지리산 유람에서 세 선현을 만나게 되는데, 바로 한유한韓惟漢·정여창鄭汝昌·조지서趙之瑞가 그들이다. 남명은 그들의 유적을 다 둘러 본 후에 "산 속을 둘러볼 때

이언경 · 홍연 각자

바위에 이름을 새겨놓은 것이 많았는데, 세 군자의 이름은 어디에도 새겨져 있지 않았다. 그러나 그들의 이름은 반드시 만고에 전해질 것이니, 어찌 바위에 이름을 새겨 만고에 전하려는 것과 같겠는가."라고 하여, 실질을 무시하고 허상만을 좇는 사람들에게 준엄한 일침을 내리고 있다.

남명이 이 유람 길에서 던진 이 한 마디는 「유두류록」으로 인해 후인들에게 그대로 계승되었다. 하겸진河謙鎭은 이 길을 오르면서 오암을 지나다가 '이언경·홍연이란 글자를 찾으니 이끼에 이미 다 깎이고 없었다.'고 하면서, "숲이 우거진 사이에서 썩지 않은 것을 찾고 있으니, 과연 산해옹山海翁의 비웃음을 면하지 못하겠구나."라고 자조自嘲하였다.

합천사람 박치복朴致馥(1824~1894)은 천왕봉에 올라 일행들이 바위에 이름을 새기려 하자, "전에 새겨놓은 것도 모두 마모되어 누가 누구인지 알 수 없는데, 그렇다면 바위에 이름을 새기는 것이 무슨 소용이 있겠는가."라고 하며 그만두게 한 일화가 보인다. 그뿐인가.

1902년 5월 지리산 유람에 나섰던 하동사람 이택환李宅煥(1854~1924)도, 일월대에 올랐을 때 이전에 새긴 많은 이름을 보고 그다지 이름난 사람은 없다고 일갈하면서, 남명이 바위에 이름을 새겨 만고에 전하려는 그 허망함을 꾸짖었던 것에 대해 언급하였다. 그리고는 바위에 이름을 새기는 대신 일월대 위에 차례로 둘러앉아 함께 등정한 35인을 종이에 기록하고는, 차례로 붓을 돌리며 연구聯句를 지었다. 그리고 그때 지은 그 시들은 현재 그의 문집인 『회산집晦山集』에 실려 있고, 그로부터 백 년도 더 지난 지금 그의 지리산 등정과 함께 이렇게 세상에 소개되고 있는 것이다. 그가 그때 바위에 이름을 새기는 것으로 그쳤다면 지금의 우리가 어찌 그 일을 알 수 있겠는가.

현재 청학동을 오르는 이 길에는 지리산국립공원에서 산행하는 이들을 살피고 관리하기 위해 파견된 직원이 배치되어 있다. 지난 번 〈지리산인문학〉 답사 때도 불일평전에서 만났는데, 그럴 때마다 나는 혹 이 길에서 '이언경·홍연'이란 이름이 쓰인 바위를 보았냐고 물어본다. 물론 남명이 이 길에서 남긴 기록과 가르침을 함께 전하면서 말이다. 간혹 보았다는 이도 있지만 그 위치는 기억나지 않는다고 했다. 그 속에 담긴 의미와 가르침을 모르기 때문에 무심히 지나치는 돌멩이 하나에 불과했으리라. 날아가 버린 새가 무슨 새인지를 어찌 알 수 있겠는가.

4. 폭포는 쏟아져 인간세상으로 향하고, 청학동 불일폭포

남명의 지리산 유람에는 유달리 사람 이야기가 많다. 산에 유람을 갔으면서도 자연경관보다는 사람 사는 이야기를 많이 풀어놓고 있다. 남명은 여기까지 오는 동안 선상船上에서 바라 본 섬진강의 그 푸른 물줄기를 핍진하게 그려내지도 않았으며, 폭우로 인해 사흘씩 쌍계사에 발이 묶여 있었으면서도 사찰이나 그 주변의 경관을 기록하지도 않았다. 보름이나 되는 유람 기간 내내 사람 이야기이다. 그랬다. 남명의 관심은 자연이 아니라 '사람'에게 있었던 것이다.

그런 남명이었지만, 청학동만큼은 경관을 읊어내는데 열성적이다. 남명 일행은 연일 내리던 비가 그친 19일, 마침내 청학동으로 들어갔다. 군더더기 없는 간명한 글쓰기를 하던 남명의 스타일에서 보자면, 이날 자신이 본 광경을 아주 세세하고도 다소 장황하게 기록하고 있다. 쌍계사에서 불일암으로 오를 때 바위 이름 석각에 대한 준엄한 일침까지 포함한다면, 그의 유람 일정 중 가장 많은 분량을 차지하며, 또 자연경관에 대한 남명의 개인적 감정을 가장 많이 표출하고 있다. 남명이 만난 청학동은 어떤 모습일까.

> 열 걸음에 한 번 쉬고 열 걸음에 아홉 번 돌아보면서 비로소 불일암에 도착하였다. 이곳이 바로 청학동이다. 이 암자는 허공에 매달린 듯한 바위 위에 있어서 아래로 내려다 볼 수가 없었다. 동쪽에 높고 가파르게 떠받치듯 솟아 조금도 양보하려고 하지 않는 것은 향로봉香爐峯이고, 서쪽에 푸른 벼랑을 깎아 내어 만 길 낭떠러지로 우뚝 솟은 것은 비로봉毗盧峯이다. 청학 두세 마리가 그 바위틈에 깃들어 살면서 가끔 날아올라 빙빙 돌기도 하고, 하늘로 솟구쳤다가 내려오기도 한다. 아래에는 학연鶴淵이 있는데, 까마득하여 밑이 보이질 않았다. 좌우상하에는 절벽이 빙 둘러 있고, 층층으로 이루어진 폭포는 문득 소용돌이치며 쏜살같이 쏟아져 내리다가 문득 합치기도 하였다. 그 위에는 수초가 우거지고 초목이 무성하여 물고기나 새도 오르내릴 수 없었다. 천 리나 멀리 떨어져 있어 도저히 건널 수 없는 약수弱水도 이에 비할 바가

불일폭포

못 되었다. 바람과 우레 같은 폭포소리가 뒤얽혀 서로 싸우니, 마치 천지가 개벽하려는 듯 낮도 아니고 밤도 아닌 상태가 되어, 문득 물과 바위를 구별할 수 없었다. 그 안에 신선·거령巨靈·큰 교룡蛟龍·작은 거북 등이 살면서 영원히 이곳을 지키며 사람들이 접근하지 못하도록 하는 것인지도 모르겠다.

어제까지 연이어 비가 내렸으니, 아마도 불일폭포는 장관을 연출하고 있었을 것이다. 지난 번 〈지리산인문학〉 답사팀을 인솔하여 불일폭포에 올랐을 때도 전날 내린 비로 인해 그야말로 장관을 이루고 있었다. 향로봉과 비로봉 사이에서 쏟아지는 60m의 폭포는 바로 옆에서 우레와 천둥이 치는 듯 옆 사람의 말소리조차 들리지 않을 정도였다. 좌우 절벽에 부딪혀 부서지는 하얀 물거품은 마치 천지가 개벽하려는 조짐인 듯 황홀하고 신비로웠으며, 아래로 아득한 낭떠러지인 듯 깊은 소沼는 낮인 듯 밤인 듯 분간이 안 될 만큼 묘한 분위기를 이루고 있었다. 지금도 비가 내린 다음날이면 불일폭포를 찾아 오르는 이들이 많다더니, 바로 이 때문이로구나 싶었다.

남명은 이곳을 청학동으로 인식하였다. 인간사의 불화와 고통이 없는 이상향, 그러나 인간이 쉬이 다가갈 수 없는 곳. 그럼에도 불구하고 끊임없이 열망하고 염원하는 그 청학동에 들어온 것이다. 남명 일행은 이를 축하라도 하듯 악기를 연주하고 노래를 부르고 술을 마시며 청학동의 절경에 심취하였다. 그 소리가 폭포 소리에 얽혀 사방에 울려 퍼지고 산봉우리 너머로 메아리쳤다.

남명은 이곳에서 시 두 편을 읊었다. 현전하는 그의 시는 작시作詩 시기를 알 수 없는 경우가 대다수이고, 따라서 이 두 편도 이번 유람에서 지어졌을 것이라 추정할 뿐이다. 그러나 지리산을 십여 차례 답방踏訪하였다는 남명도 정작 지리산 관련 한시가 극히 적다는 점을 감안한다면, 청학동에서의 한시 두 편은 이례적인 경우라 하겠다. 그중 한 수를 읽어보자.

한 마리 학은 구름을 뚫고 하늘로 올라갔고	獨鶴穿雲歸上界
폭포는 옥구슬 구르듯 인간세상으로 흐르네	一溪流玉走人間
누 없는 것이 도리어 누가 됨을 알았으니	從知無累翻爲累
마음 속 산하는 보지 않았다고 말해야겠네	心地山河語不看

「청학동青鶴洞」

남명은 이곳 청학동에서 두어 마리의 청학을 보았다. 그 역시 청학동을 초월의 공간, 이상의 세계로 가탁假託하여 인식한 것이다. 그래서 그 청학이 구름을 뚫고 하늘로 올라간다고 하였다. 그의 시선은 청학과 함께 하늘로 향하고 있는 듯하다. 마치 현실은 안중에도 없는 듯이 말이다.

그러나 청학동에서 그의 시선을 이끄는 것이 또 하나 있었으니, 바로 불일폭포이다. 마치 이 깊은 골짜기에 옥구슬을 들이부은 듯 하얀 포말을 쏟아내며 흘러가는 폭포를 유심히 관찰하고 있다. 청학동에서 쏟아진 저 물은 흘러 흘러서 인간세상으로 달려가고 있다. 남명은 이상향을 찾아 청학동으로 들어왔건만, 저 물은 그런 청학동은 안중에도 없는 듯 인간세상으로 흘러가고 있다. 순간 남명은 초월의 공간 청학동에 서 있는 자신과 만나게 된다. 그것은 청학을 타고 하늘로 오르는 이상향 속의 남명이 아니라, 인간세상에서 고뇌하고 절망하고 그러면서도 끊임없이 희망하던 현실 속 자신의 모습이었다. 저 물은 아무리 큰 바위나 골짜기를 만나더라도 멈추지도 되돌아가지도 않고 아래로만 계속해서 나아갈 것이다. 그래서 청학동의 불일폭포를 다 둘러 본 남명이 이희안에게 던진 다음 한 마디는 더욱 가슴에 와 닿는다.

> 물이란 만 길이나 가파른 골짜기를 만나면 아래로만 곧장 내려가려 하고 다시는 의심하거나 돌아보지 않고 앞만 보고 달려가는데, 여기가 바로 그런 곳이구려.

불일폭포

잠시 현실을 벗어나 아름다운 경관의 청학동 속에 서 있어도 남명 역시 그 현실을 떠날 수 없음을 자각한 것이다. 신선이 산다는 초월적 세계인 청학동에서 오히려 현실 속 인간 남명을 지향하고 있는 것이다.

그가 누구이던가. 일생 물러나 살면서도 늘 현실로 향하는 시선을 거두지 않았던 인물이다. 누구보다 시정時政의 폐단을 비판하는데 단호했던 남명이 아니던가. 상소上疏마다 정사政事의 구석구석을 낱낱이 꼬집어서 신랄하게 비판하고, 그래서 때로는 남의 시선이나 자신의 목숨은 아랑곳하지 않는 과격한 언사로 인해 세간의 오해를 불러오기도 했지만, 그의 관심사는 언제나 '사람'에게 있었다. 때문에 청학동의 그 빼어난 자연경관도 마음속에만 담아둘 뿐, 정작 그의 시선은 인간세상으로 향하는 저 물에서 한 순간도 뗄 수가 없었던 것이다.

5. 선악은 습관으로 말미암고, 사람 이야기

「유두류록」에 나타난 남명의 사람 이야기를 좀 더 해보자. 보다 엄밀히 말하자면 '사士'의 이야기다. 조선시대 선비 남명의 이야기라고나 할까.

현대적 의미에서 '유람'이라고 하면 '즐긴다' 내지 '쉰다'는 휴식 개념이 먼저 떠오른다. 몇 해 전『노는 만큼 성공한다』는 김정운 교수의 책이, 놀 줄 모르고 쉴 줄 모르는 한국인의 문화심리를 꼬집어서 이슈가 된 적이 있었다. 노는 만큼 성공한다고? 도대체 놀라는 거야 말라는 거야?

한국전쟁 이후 철저히 황폐해진 한국사회를 수십 년의 짧은 기간 내에 이처럼 경제강국으로 재건할 수 있었던 것은 그 놀 줄 모르고 쉴 줄 모르는 근성 때문이었음을 인정하면서도, 이제는 시대가 달라져 놀면서 배우고 일해야 한다는 문화심리학 방면의 새로운 접근이었다. '일에 빠져 있을 때 머리는 가장 무능해진다'라든가, '한국은 놀 줄 몰라 망할지도 모른다'라든가, '일중독에 빠진 리더Leader의 착각' 등의 도발적인 문구들을 보며 맞장구를 치면서도, 그때의 충격은 제법 센 주먹으로 한 방을 제대로 얻어맞은 느낌이었다. 나를 들여다보고 있는 듯하여 더욱 그랬다. 결국 놀고 즐기라는 것인데, 그러면서도 마냥 놀지 말란다. 어찌 놀아야 할까.

이전 우리네 선현들은 유람을 노는 것으로 인식하지만은 않았다. 그들의 유람은 특히 넓게 보고 깊게 느끼려는 지식인의 지적욕구와 결부되어 다양한 학문적·문학적 지취志趣로 표출되었는데, 이의 상관성은 선현들도 깊이 공감하고 있었다.

옛 사람들은 세상을 두루 관광하고 널리 유람하였지, 한 모퉁이에 얽매여 사는 것을 부끄럽게 여겼다. 그러므로 공자께서는 천하를 두루 돌아다니면서, 한편으로는 태산에 올라 천하를 작다고 여기셨고, 한편으로는 뗏목을 타고서 바다를 떠다니고자 하셨고, 한편으로는 오랑캐 땅에서 살고자 하셨다. 이는 자신의 도를 행하고 편안한 곳에 머물지 않기를 구한 것이다.

사마천司馬遷은 하산河山에서 생장하여 그 발길이 양梁·송宋·제齊·노魯나라를 두루 누볐고, 또 장강長江과 회수淮水에 배를 띄워 동정호洞庭湖를 지나 파촉巴蜀 땅으로 갔으니, 이 때문에 그의 문장을 이룰 수 있었다. 이백李白은 파촉에서 태어나 산천의 빼어난 곳을 밟았으며, 또한 귀양 가서는 오회吳會[절강성 회계군 오현吳縣]와 초나라·월나라의 교외를 유람하였다. 두보杜甫는 난리를 만나 옮겨 다니며 유랑하다가 금리錦里 땅에 피해 살았으며, 또한 옮겨 가 무협을 유람하고 창오蒼梧와 소상강瀟湘江 사이를 두루 유람하였으니, 이들은 모두 도성을 떠나 멀리 피난다님으로써 자신의 시재詩才를 빼어나고 뛰어나게 하였다.

한유韓愈가 조양潮陽으로 귀양 가지 않았다면, 유종원柳宗元이 백월百粵에 좌천되지 않았다면, 그들의 문장이 어찌 최고에 이를 수 있었겠는가. 소식蘇軾은 혜주惠州로 귀양 간 이후 문장이 더욱 높아졌고, 소옹邵雍은 끝없이 넓은 지역을 두루 유람한 후에야 그 도가 낙양洛陽에서 완성되었다.

〈유몽인, 「금강산 삼장암 승려 자중에서 주는 서贈金剛山三藏菴小沙彌慈仲序」 중〉

조선시대 대표적 문장가의 한 사람이었던 유몽인은, 우리나라 산하의 모든 경관을 두 발로 밟아보고 눈으로 확인함으로써, 자신을 일러 천하를 두루 유람한 사마천에 비유해도 뒤지지 않을 것이라 자부하였던 인물이다. 그런 유몽인에 의하면, 역사상 중국에서 이름났던 학자나 문장가의 학문과 문장력은 유람을 통해 완성되었다고 하였다. 공자의 높은 학문과 세상을 보는 직관력이 주유천하周遊天下를 통해 완성되었고, 이백과 두보 같은 대시인은 물론이고 한유와 유종원 및 소동파 같은 대문장가에 이르기까지, 특히 사마천의 탁월한 문장력이 그의 원유遠遊에서 비롯되었음은 조선시대 지식인들 사이에선 공유된 인식이었다.

예컨대 김도수金道洙(? ~1742)는 「남유기南遊記」에서 "세상사람들이 반드시 사마자장司馬子長의 유람을 일컫는 것은 예로부터 문사文士들이 넓은 안목으로 담론을 장대하게 하던 것이니, 유람이 어찌 도움 되는 것이 없겠는가?"라 하였고, 거창에 살았던 남명의 벗 갈천葛川 임훈林薰(1500~1584) 또한 "사마자장은 유람을 좋아하여 하루도 집에 붙어 있지 않았다. 장강長江과 회수淮水에 배를 띄우고 운택雲澤과 운

몽雲夢을 바라보며, 대량大梁의 유허를 지나 검각劍閣의 험한 길을 넘고, 제나라·노나라에서 강학하고 추역鄒嶧에서 향사鄕射를 익혔다. 무릇 천지간 만물의 변화를 사마자장이 모조리 취하여 자기의 소유로 만들었다. 그런 까닭에 그 문장의 출몰 변화는 마치 사시四時에 만상萬像이 출현하듯 하니, 이는 유람에서 얻은 것이다."[「送澄上人遠遊序」]라고 하였다. 이를 통해 학문적 성취나 문학적 호기浩氣를 기르는 것이 유람의 또 다른 목적이었음을 확인할 수 있다. 놀러 갔으면서도 마냥 놀지만은 않았던 것이다.

남명도 예외는 아니었다. 특히 남명은 성리학 중에서도 수양론修養論을 학문의 근간으로 한 실천주의 학자였다. 사士의 수신修身과 자아각성을 통한 출처出處를 무엇보다 강조하였고, 유달리 자아에 대한 성찰이 철저하여 한순간도 그 긴장을 내려놓지 않았던 인물이다. 때문에 남명은 지리산에 유람을 왔으면서도 자연 경관 하나에도, 발걸음 하나 행위 하나도 허투루 지나치는 법이 없었다. 그가 의식하였던 그렇지 않았던 매순간 사士로서의 자의식이 발동되었던 것이다. 몇 가지를 소개해 본다.

4월 19일. 청학동에 올라 폭포 주변을 실컷 구경한 남명 일행은 곧장 쌍계사로 내려왔다. 그런데 청학동 일대에서 이 길은 험난하고 가파르기로 유명한 코스이다. 워낙 깊숙한 골이기도 하거니와 숲이 너무도 무성하여 간혹 호랑이가 출몰하기도 하였다. 김도수의 기록에 의하면, 쌍계사 승려가 불일암을 오르려는 그에게 이곳은 호랑이가 자주 출몰한다며 쌍각雙角을 불면서 길을 인도하였다. 비탈길을 따라 내려올 적엔 김이 모락모락 나는 한 무더기의 호랑이 똥을 보았는데, 승려들이 다시 쌍각을 불어 호랑이의 접근을 막았다고 하였다.

처음 청학동으로 올라갈 적에는 한 걸음 한 걸음 내딛기가 그렇게 힘들더니, 내려 올 적엔 숨 한 번 고르는 사이 순식간에 쌍계사에 도착하였다. 남명의 표현을 빌리자면, '양羊 어깻죽지를 삶을 정도의 짧은 시간에 쌍계사로 돌아왔다.'라거나, '단지 발만 들었을 뿐인데 몸이 저절로 쏠려서 내려갔다.'고 하였다. 그리고는 "그러니 어찌 선善을 좇는 것은 산을 오르는 것처럼 어렵고, 악惡을 따르는 것은 산이 무너져 내리는 것처럼 쉬운 일이 아니겠는가?"라는 한 마디로써 갈무리하였다.

역시 남명이다. '종선여등 종악여붕從善如登 從惡如崩'. 춘추시대 각국의 역사를 기록한 『국어國語』「주어周語」에 실린 이 말은 '독서여등讀書如登' 또는 '독서여유산讀書如遊山' 등의 표현과 함께 후대 지식인에게 많이 회자되었던 문구이다. 유산遊山 또는 등산登山의 행위를 학문 및 구도求道의 과정으로 인식한 것인데, 남명 역시 사소하고 일상적 행위일 뿐인데도 그 순간 사의식이 발동하였던 것이다.

불일암에서 본 전경

이 뿐인가. 20일 밤 신흥사 승방에서 글을 읽던 남명은 갑자기 일행에게 한 마디를 이른다. "명산에 들어 온 자치고 그 누군들 마음을 씻지 않겠으며, 누군들 자신을 소인小人이라 하길 달가워하겠는가. 그러나 군자는 군자가 되고 소인은 소인이 되고 마니, 한 번 햇볕을 쬐는 정도로는 아무런 도움이 되지 않음을 여기서 알 수 있네."

상상을 해보자면, 글을 읽다가 관련 글귀가 나왔을 수도 있겠고, 혹은 일행 중 몇몇이 자신들의 유람 경험을 말하며 좋았느니 어땠느니 하면서, 마치 자신이 본 것이 전부인 양 자부하는 자가 있었는지도 모르겠다. 그렇지 않은가. 처음 한 번 접하거나 보았다고 완성되는 것이 있던가. 반복하고 지속적인 노력 없이 이룰 수 있는 것이 있던가. 이때 남명은 일회성으로 끝나기 쉬운 사람살이 속성을 꼬집어서 일침을 가하였던 것이다.

일행과 함께 조화를 이뤄 산을 올라가야 하건만, 이희안이 혼자 말을 타고 앞서 달려 나갔다. 나머지 일행이 땀을 뻘뻘 흘리며 죽을 둥 살 둥 하면서 올라가자, 먼저 올라 간 그는 편안히 걸터앉아 한참을 쉬고 있는 중이었다. 그 모습을 본 남명이 일침을 날렸다. "그대는 말 탄 기세에 의지해 나아갈 줄만 알고 그칠 줄을 모르는구려. 훗날 의義를 좇게 되면 반드시 남들보다 앞장 설 것이니, 또한 좋은 일이 아니겠소?"라고. 에둘러서 말한 듯하나 제대로 한 방을 날린

셈이다. 그러자 이 말을 들은 이희안의 반응이 더욱 가관이다. "내 이미 그대가 꾸지람할 줄 알고 있었소. 내가 참으로 잘못했소." 남명의 일상적 모습이 어떠했을지를 추측케 한다.

산에서 내려온 남명 일행은 하동 횡천에서 북천으로 넘어가는 고개를 지날 적에 나무 그늘에서 잠시 쉬었다. 그때 광양으로 가던 한 교관校官이 있었는데, 남명 일행을 보고는 그 역시 말에서 내려 쉬어 가게 되었다. 그 순간 장끼 한 마리가 날아들었고, 그가 시위에 화살을 얹은 채 살금살금 다가가자, 꿩이 갑자기 날아가 버렸다. 모두들 그 모습에 한동안 웃었다. 남명은 이때도 놓치지 않았다. "우리가 저 두류산 속에 있을 적에는 구름이나 계곡 물 외엔 눈에 들어오지 않았는데, 이렇게 인간 세상에 내려오니 보이는 것은 달리 없고, 지나가는 교관이나 날아가는 산꿩 정도가 볼거리로구나. 그러니 어찌 보는 안목을 기르지 않겠는가?"라고 하여, 지나쳐도 모를 사소한 순간도 사士로서의 자신들 이야기로 승화시키고 있다. 놀면서도 노는 게 아닌 것이다.

남명의 사람 이야기는 여기서 끝나지 않는다. 열흘 남짓의 산행을 마치고 귀가하던 남명 일행은 하동 옥종역에 딸린 주막에 투숙하였다. 그를 포함한 일행 네 사람이 들기에는 방이 너무 작았다. 허리를 구부리고 방에 들어갔지만 다리를 펼 수도 없었고, 벽은 바람도 막아내지 못하는 그런 궁벽한 숙소였다. 그렇지만 처음에는 답답하여 견딜 수 없을 것 같았는데, 잠시 후에는 네 사람이 머리를 맞대고 서로 베고서 단잠에 빠져 들었다. 그리고는 남명 스타일대로 다음과 같은 일침을 가하였다. 나는 이 대목에서 비로소 '아!' 하고 깨달았다. 남명은 뼛속까지 사의식으로 똘똘 뭉친 선비였다는 것을. 그리고 놀러갔으면서도 놀지만은 않았다는 것을.

> 사람의 습관이란 잠깐 사이에도 낮은 데로 치닫는 것을 알 수 있다. 앞서도 그 사람이고 뒤에도 같은 사람인데, 전날 청학동에 들어가서는 마치 낭풍산閬風山에 올라 신선이 된 듯하였지만 오히려 부족하다 여겼었다. 또한 신응동에 들어가서는 바야흐로 요지瑤池에 올라 신선이 된 것 같았지만 도리어 부족하다 생각했었다. 그리고 은하수에 걸터앉아 하늘로 들어가거나 학을 부여잡고 공중으로 솟구치려고만 하였고, 다시는 인간세상으로 내려오지 않으려 하였다. 그러나 뒤에는 이렇게 좁은 방에서 구부리고 자면서도 그것을 자신의 분수로 달게 받아들였다. 여기서 평소의 처지에 만족한다 하더라도, 수양하는 바가 높지 않으면 안 되고, 거처하는 곳이 작고 초라해서는 안 된다는 사실을 알 수 있다. 또한 사람이 선하게 되는 것도 습관으로 말미암고, 악하게 되는 것도 습관으로

인한 것을 알 수 있다. 위로 향하는 것도 이 사람이 하는 것이고, 아래로 치닫는 것도 같은 이 사람이 하는 것이니, 단지 한 번 발을 들어 어디로 향하느냐에 달려 있을 따름이다.

6. 만 섬 구슬을 다투어 내뿜는 듯, 신응동

쌍계사에서 칠불사七佛寺 방면으로 5km 남짓을 더 들어가면, 칠불사에서 내려오는 계곡 물과 의신義神 계곡에서 흘러오는 물이 만나는 삼거리가 나온다. 지금이야 길이 잘 닦여 있어 그다지 골짜기라는 느낌이 없지만, 남명 당대로서는 지리산 속 깊고 깊은 골이라 할 만했다. 그곳에 산골짜기라 하기엔 꽤나 널찍하고 경관도 빼어난 계곡이 펼쳐져 있다. 이 일대를 '삼신동三神洞'이라 불렀다.

'삼신동'이란 명칭에 대해, 유몽인은 "동네 이름이 삼신동인데, 이는 이 고을에 영신사靈神寺 · 의신사義神寺 · 신흥사神興寺라는 세 절이 있기 때문이다."라고 하였다. 세 사찰의 이름에 '신神'자가 들어 있기 때문에 붙여진 이름임을 알 수 있다. 영신사는 지리산 영신봉에서 삼신봉 쪽으로 뻗은 능선을 따라 내려가다 대성동大成洞 골짜기를 향한 곳에 있었고, 의신사는 현 경상남도 하동군 화개면 의신마을에 있었으며, 신흥사는 화개면 신흥리에 있었다. 현재는 모두 폐사

되었다.

이 가운데 신흥사는 신응사神凝寺 또는 신흥사新興寺라고도 불렀는데, 계곡과 가장 인접해 있을 뿐만 아니라 쌍계사에서 출발한 유람자가 제일 먼저 만나는 절이었다. 때문에 이쪽 방면으로의 유람자가 가장 많이 활용하는 숙박 장소이자, 유람록에도 많이 등장하는 절이다. 발굴 조사된 유적을 통해 보자면, 이 절은 통일신라시대에 창건되었고, 현 화개초등학교 왕성분교 자리에 있었다고 한다. 왕성분교 교실에서 창밖을 바라보면 골짜기 전체가 훤히 내려다보일 정도이니, 계곡에 바싹 붙어 있었다고 하겠다. 남명 일행은 청학동 유람을 마친 20일 곧장 신흥사로 들어가 3박4일을 머물렀다. 며칠 째 내린 비로 절간에 갇힌 그들이 할 일이라곤 불어난 계곡물을 구경하는 것뿐이었는데, 절간 대청에 앉아서도 골짝의 전경이 한 눈에 들어왔던 것이다. 남명은 이 절을 '신응사'라 불렀다.

조선시대에는 청학동 유람이 잦았고, 천왕봉에서 하산하는 유람자도 많았기 때문에 이곳 신응사 및 신응동에 얽힌 기록은 많은 편이다. 예컨대 지리산 유람록에는 승려의 이름이 자주 등장하는데, 신응사의 승려 각성覺性(1575~1660)도 그 중 한 사람이다. 벽암선사碧巖禪師로 더 알려져 있는 각성은 부휴선수浮休善修의 제자가 되어 스승과 함께 속리산·덕유산·가야산·금강산 등지에서 정진하였고, 임진왜

왕성분교

분교에서 바라본 신응동 전경

란 때는 휴정休靜의 천거로 참전하여 큰 전공을 세우기도 하였다. 전란 후에는 지리산으로 옮겨 와 칠불사·신응사는 물론 화엄사와 쌍계사를 중창하는데 지대한 공적이 있었던, 대표적인 지리산 승려이다.

1618년 4월 지리산 청학동을 유람했던 조위한趙緯韓은 각성을 일러 '제자를 200명이나 거느린 불경에 통달한 유식한 승려'라 하였다. 그해 윤4월 신응사를 유람한 양경우梁慶遇는 그를 시승詩僧이라 일컫고 "수십 명의 승려가 각성을 호위하고 있었으며, 그 나머지는 법당 밑 뜰에서 수십 수백으로 무리를 이루고 있었는데, 모두 그의 문도들이었다."라고 하였다. 이는 당시 지리산권 사찰 내에서 그의 위상과 입지가 어떠했는지를 증언하고 있을 뿐 아니라, 조선 중기의 신응사가 얼마나 번창한 대찰大刹이었는가를 반증하는 것이기도 하다.

남명과 신응사와의 인연은 이번 유람이 처음은 아니었다. 그의 말에 의하면, 30년 전에 절친한 벗인 성우成遇(1495~1546)와 함께 천왕봉에 올랐다가 찾아온 적이 있었고, 또 20년 전에는 하중려河仲慮와 함께 여름 내내 신응사에 들어앉아 글을 읽은 적이 있었다. 그리고 이번 유람에서는 3박4일을 머물렀다. 그것도 이틀 동안은 비가 내려 쌍계사에서 그랬듯 신응사에서도 꼼짝 못하고 갇혀서 불어난 계곡물만 바라보며 지냈다. 작은 인연은 아니다.

벽암선사(해인사)

그럼에도 불구하고 남명은 신응사에 대해 "법당의 불좌佛座에는 용과 뱀이 꿈틀거리는 듯한 모양의 모란꽃이 꽂혀 있고, 사이사이에 기이한 꽃들이 섞여 있었다. 양쪽에 있는 모든 창가에도 복사꽃·국화·모란꽃이 꽂혀 있었는데, 오색이 뒤섞인 찬란한 빛이 사람의 눈을 현혹시켰다. 이 모든 광경은 아직 우리나라 절에서는 보지 못한 것이었다."라고만 언급하였다.

신응동의 수석이 으뜸이라

남명의 관심은 신응사가 아니라 신응동 골짜기에 있었다. 쌍계사에서 도착한 남명 일행은 곧장 신응사로 들어가지 않고 계곡 가의 반석에 벌여 앉았다. 연이어 내린 비로 계곡물이 불어 있었지만 개의치 않았다. 그리고는 그 아름다운 경관을 맘껏 즐겼다.

> 불어난 시냇물이 돌에 부딪혀 솟구쳐다가 부서지니, 마치 만 섬 구슬을 다투어 내뿜는 듯도 하고, 번개가 번쩍이고 천둥이 으르렁거리는 듯도 하며, 희뿌옇게 가로지른 은하수에 별들이 떨어지는 듯도 하였다. 또한 손님을 맞아 잔치를 벌인 요지瑤池에 비단 방석이 어지러이 널려 있는 듯도 하였다. 용과 뱀이 비늘을 숨긴 듯한 검푸른 못은 헤아릴 수 없이 깊었고, 소와 말의 모습을 한 우뚝 솟은 돌들이 셀 수 없이 널려 있었다. 구당협瞿塘峽의 입구 정도라야 그 신출귀몰한 변화를 비유할 수 있을 것이다. 참으로 조화옹造化翁의 노련한 솜씨를 숨김없이 마음껏 발휘한 곳이었다.

남명으로서는 최대의 미사여구를 한껏 동원하여 표현한 구절이 아닌가 싶다. 그 경관이 얼마나 마음에 들었으면 이렇게 표현했을까 싶기도 하다. 그들 일행은 신응동 경관에 눈을 휘둥그레 뜨고 넋을 잃고서 바라보았다. 남명은 이럴 때 멋스런 시 한 소절을 읊어내고픈 마음이 간절했지만 그것마저도 마음대로 되지 않았다고 하였다. 진경眞景을 만나면 굳이 말로 표현할 필요가 있겠는가. 그저 마음으로 느끼면 그뿐.

신응동은 지리산권역 골짜기 중 경관이 빼어나기로 유명하였다. 김일손은 「두류기행록頭流紀行錄」에서 "신흥사는 시냇가에 세워져 있어 여러 사찰 중에서 경치가 가장 빼어났다. 그래서 유람 온 사람들로 하여금 돌아가기를 잊게 한다."고 하였고, 남명 또한 "두류산에 크고 작은 절이 얼마인지 모르겠지만, 그 중에서도 신응사의 수석水石이 가장 으뜸이었다."고 하여, 이 일대의 절경을 칭송하였다.

남명의 이러한 칭송은 후인들의 유람에서 회자되었을 뿐만 아니라 이 일대를 더욱 지리산의 명승으로 거듭나게 하였다. 박래오는 신응사의 문루에 올라 한눈에 들어오는 그윽한 경치를 바라보더니 "조선생이 「유두류록」에서 '두류산의 가람伽藍 중 유독 신응사의 수석이 가장 빼어나다.'고 한 말은 참으로 사실이로구나."라고 하였고, 하익범 또한 이곳에 이르러 남명의 언급을 떠올리며 공감하고는 시를 짓는 모습을 보여주고 있다.

물론 남명의 평에 공감하지 않는 이도 있다. 하겸진은 1899년 8월 22일 이 일대를 찾았다. 그가 찾았을 때에도 계곡물이 엄청 불어나 있었다. 그는 이곳에서 남명의 평을

신응동에서 노닐다

언급하고는 "나는 남명선생의 그 글을 읽으면서 일찍이 기운이 솟구치고 정신이 아찔하지 않은 적이 없었다. 그런데 막상 이 절에 이르러 보니, 계곡물은 험하고 좁으며 암석巖石은 검푸르고 어두워, 아래 위를 배회해 보아도 그런 경치를 도무지 볼 수가 없었다. 이름과 실상이 서로 일치하는 경우는 예로부터 있지 않았다. 나의 벗인 한희령韓希寗(韓愉 1868~1911)은 매번 금강산의 빼어난 경치가 귀로 듣는 것만 못하다고 하였다. 금강산도 그러한데 하물며 신응동에 있었으랴."라고 하여, 남명과 상이한 반응을 나타내고 있다. 그는 되레 이곳보다는 불일암 일대의 경관을 최고로 꼽으면서, 남명이 그 빼어난 경치를 지나친 것은 단지 불일폭포 위에서만 관상觀賞했기 때문이며, 따라서 명산名山도 알아주는 사람을 만나느냐 만나지 못하느냐 하는 운수運數가 있다고 일침을 가하였다.

그러나 후대의 평가가 어찌되었던, 나는 이 골짜기를 너무나 좋아한다. 삼거리에서 멀지 않는 곳에 옥보고玉寶高와 아자방亞字房 등 수많은 이야기와 전설을 품은 칠불사가 있어 좋고, 어느 계절에 찾아가도 아름다운 주변 경관이 있어 좋다. 무엇보다 청학동에서 들어가거나, 때로는 천왕봉에서 내려온 유람자들의 숱한 발길이 머문 곳이어서 좋다.

그래서 지리산 청학동을 찾는 답사에는 늘 이곳에 이르러 공감하려 애쓴다. 계곡물이 빠졌을 때는 아래로 내려가 너럭바위에 걸터앉아 물소리를 듣고, 물길이 높을 때는 남명 일행이 그러했듯 길 가에서 바라보곤 한다. 신응사도 없고 불어난 계곡물을 건네주던 승려도 없지만, 나 또한 남명의 흔적을 찾아왔던 후학의 한 사람으로서 그 자리에서 본다.

7. 철인의 행·불행은 어찌 운명이 아니랴, 남명이 만난 세 사람

남명은 이번 유람에서 뜻밖에도 세 명의 인물을 만나게 된다. 4월 15일, 사천 장암場巖에서 배를 탄 남명 일행은 밤새 곤양과 하동을 거쳐 이튿날 오전에 악양岳陽을 지났다. 이때 첫 번째와 두 번째 인물을 만난다.

> 눈 깜짝할 사이에 악양현을 지났다. 강가에 삽암鈒巖이라는 곳이 있었는데, 바로 녹사錄事를 지낸 한유한韓惟漢의 옛집이 있던 곳이다. 한유한은 고려가 어지러워질 것을 예견하고, 처자식을 이끌고 이곳에 와서 은거한 인물이다. 조정에서 그를 불러 대비원녹사大悲院錄事로 삼았는데, 그날 저녁에 달아나 간 곳이 묘연했다고 한다. 아! 나라가 망하려고 할 적에 어찌 어진 이를 좋아하는 일이 있을 수 있겠는가? 어진 이를

좋아하는 것이 착한 사람을 표창하는 정도에서 그친다면, 또한 섭자고葉子高가 용을 좋아한 것만도 못한 일이니, 나라가 어지러워지고 망하려는 형세에는 아무런 도움이 되지 않는다. 문득 술을 가져오라고 하여 한 잔 가득 따라 놓고, 거듭 삽암을 위해 길이 탄식하였다.

정오 무렵 도탄陶灘에 배를 정박시켰다.……도탄에서 1리쯤 떨어진 곳에 정선생鄭先生 여창汝昌이 살던 옛 집터가 남아 있다. 선생은 바로 천령天嶺 출신의 유종儒宗이었다. 학문이 깊고 독실하여, 우리나라 도학道學에 실마리를 열어 준 분이다. 처자식을 이끌고 산 속으로 들어갔다가, 뒤에 내한內翰을 거쳐 안음현감安陰縣監이 되었다. 뒤에 교동주喬桐主에게 죽임을 당했다. 이곳은 삽암에서 10리쯤 떨어진 곳이다. 밝은 철인哲人의 행幸·불행不幸이 어찌 운명이 아니랴?

하동 읍내를 지나 화개 방면으로 19번 국도를 따라 왼쪽으로 섬진강을 끼고 벚꽃 길을 달리다 보면 오른쪽에 넓디넓은 들판이 나타난다. 악양 들판이다. 멀리 보이는 고소산姑蘇山의 운치와 길게 드리운 섬진강 줄기가 어우러진 광활한 풍광이다. 악양 들판이 끝나는 지점인 삼거리 왼쪽에 조그마한 바위가 솟아 있다. 바로 삽압이다. 삽암은 우리말로 '꽂힌 바위'라 부르는데, 이곳 사람들은 '섯바구·선바위'라 부르기도 한다. 예로부터 남해와 섬진강의 어선들이 정박하였고 영·호남을 연결하는 나룻배가 다니던 곳이었다.

삽암은 남명의 언급처럼 고려 말의 은자 한유한이 난세를 피해 숨어들었던 곳이다. 그 위에 한유한이 피리를 불고 낚시하던 취적대吹笛臺가 있었다고 하나, 현재는 그 위치를 알 수 없다. 조정에서 벼슬을 내려 그를 불러들이자 "비로소 이름 석 자 세상에 알려진 줄 알겠네.[始知名字落人間]"라는 시구를 읊조리고서 담을 넘어 도망쳤는데, 지리산 고운동孤雲洞으로 들어가 일생을 마쳤다고 전하기도 한다.

악양 삼거리의 오른쪽에는 박경리의 소설『토지』의 배경으로 유명한 평사리 최참판댁이 있다. 삽암은 포장된 삼거리 도로에서 보면 조그마한 바위에 불과하고 그 위에 비석 두 기가 세워져 있으니, 이곳을 지나는 사람들은 여느 집안의 선조를 표상하는 비석쯤으로 생각하기 십상이다. 더구나 이곳은 주차시킬 만한 공터가 여의치 않기 때문에, 굳이 찾으려 애쓰지 않는다면 그냥 지나쳐도 모를 정도이다.

그런데 섬진강 밑으로 내려가 바위를 올려다보면 제법 우뚝한 위용이 있다. 현재는 강에서 바라보면 바위 끝에 '모한대慕韓臺'라는 세 글자가 적혀 있다. 악양의 부호富豪였던 이세립李世立이 한유한의 절의節義를 흠모하여 바위에 새겼다고 한다.

삽암에서 약 6km 남짓 자동차로 달리면 오른쪽으로 '악양정'이라는 조그마한 입간판이 나타난다. 이 또한 눈여겨

남명이 본 한유한

보지 않으면 지나쳐도 모를 만큼 부실하다. 그 입간판을 따라 마을로 조금 걸어 올라가면 4칸의 단아한 정자가 나타나는데, 바로 악양정岳陽亭이다. 일두一蠹 정여창鄭汝昌(1450~1504)이 젊어서 은거하여 학문을 닦던 곳이다. 정여창은 경상남도 함양군 개평에서 태어났다. 점필재佔畢齋 김종직金宗直의 문하에서 수학하였고, 무오사화戊午士禍에 연루되어 유배되었다가 세상을 떠났다.

함양 출신의 그가 언제 어떤 이유로 이곳에 오게 되었는지는 정확하지 않다. 그가 악양정에 우거한 것은 39세인 1488년을 전후한 시기이고, 이후 41세 되던 1490년 동문인 김일손金馹孫의 천거로 출사한 후 사화에 연루되어 죽었으니, 악양정에서의 칩거 기간도 그리 길지 않았다. 악양정과 관련한 정여창의 직접적 기록은 1489년 4월 김일손과 함께 지리산을 유람하고 악양정으로 돌아오면서 지은 한시 1수가 전하는 정도이다. 『일두집一蠹集』에 「악양岳陽」이란 제목으로 실려 있는 이 시는, 이후 악양정을 지나는 조선시대 문인들에 의해 수많은 차운시次韻詩가 지어졌다. 이곳은 행정구역상 하동군 화개면 덕은리德隱里인데, '덕은'이란 지명이 '덕 있는 현자賢者 정여창이 숨어살던 곳'임을 알려주고 있다.

악양정은 정여창의 죽음과 함께 수백 년 동안 폐허로 남아 있다가, 산석山石 김현옥金顯玉(1844~1910) 등 지역의 유

삽암

림과 후손들에 의해 1901년 중건되었다. 따라서 남명이 배를 타고 섬진강에서 바라볼 때는 악양정이 없었다. 남명은 배 위에서 강가의 삽암을 쳐다보았고, 그 너머로 보이지 않는 악양정을 상상하여 말했던 것이다.

그렇다면 우리는 여기서 하나의 궁금증이 생기지 않을 수 없다. 남명은 과연 삽암과 악양정을 어떻게 알았을까. 그의 말대로 젊어서부터 만년의 은거처를 찾아 지리산을 헤집고 다녔으니, 그 시기에 보았던 것일까. 삽암과 악양정에 대한 기록은 실전하는 것이 극히 적고, 특히 삽암의 경우는 그 이전부터 설화나 전설로 전해져 올 뿐 실제 문헌상으로 나타나는 건 남명의 이 언급에서 시작된다고 해도 과언이 아니다. 삽암은 문인들의 지리산 유람에서 빼놓을 수 없는 명승이 되었고, 한유한의 삶과 처세는 조선조 문인들의 동경과 염원의 대명사가 되었는데, 이는 모두 남명이 이 유람에서 그를 칭송한 이후부터라고 할 수 있다. 『남명집』이나 여타의 기록에서도 이와 관련한 언급이 전하지 않으니 확인할 길은 없다. 남명은 삽압을 어찌 알았을까.

남명은 산속에서의 유람을 모두 마치고 귀가하는 도중 하동 옥종면 정수역旌樹驛에서 세 번째 인물을 만나게 된다.

> 저물녘 정수역에 이르렀다. 역관驛館 앞에는 정씨鄭氏의 정문旌門이 세워져 있었다. 정씨는 승선承宣 조지서趙之瑞의 아내이며, 문충공文忠公 정몽주鄭夢周의 현손녀이다. 조승선은 의로운 사람이었다. 거센 바람이 부딪치는 곳은 벽을 사이에 두고 있어도 춥고 떨리는 법이다. 그는 연산군이 선왕의 업적을 제대로 계승하지 못할 것을 알고 10여 년을 물러나 살았지만, 오히려 화를 면할 수 없었다. 부인은 재산을 몰수당하고 성을 쌓는 죄수가 되어, 젖먹이 두 아이를 끌어안고 살면서도 등에 신주神主를 지고 다니면서 아침저녁으로 상식上

악양정

食하는 일을 그만두지 않았다. 절개와 의리를 둘 다 이룬 것이 지금까지도 이 정문에 남아 있다.

지족당知足堂 조지서(1454~1504)는 1474년 문과에 급제하여 승문원 정자·형조정랑·홍문관 교리 등을 역임하였고, 시강원侍講院의 필선弼善과 보덕輔德으로 연산군의 스승이 되었다. 그러나 연산군이 즉위하자 국정을 제대로 이끌지 못할 것을 알고서 물러나 지리산에 은거하였다. 10년 후인 1504년 갑자사화에 연루되어 화를 당했다. 남명이 쓴 그의 묘지명에 의하면, 그때 그의 몸은 저잣거리에 내걸리고, 집은 연못이 되었으며, 시체는 강물에 던져졌다고 한다.

인용문에서 언급한 정씨는 조지서의 후취부인이다. 정몽주鄭夢周의 후손인 정씨 부인에게는 두 아들이 있었는데, 조지서가 화를 당할 때 큰 아들은 포대기에 쌓인 어린애였고, 둘째 아들은 뱃속에 있었다. 재산을 몰수당하고 죄인의 몸이 되어 곤궁한 상황이면서도 아침저녁으로 상식하기를 멈추지 않았다고 한다. 현재 조지서의 묘소는 옥종면 정수리 청수마을 뒷산에 있고, 부인의 부덕婦德을 기리는 정려旌閭는 그곳에서 제법 떨어진 대곡리에 세워져 있다. 청수마을은 그의 처가인 오천 정씨烏川鄭氏의 집성촌이다.

남명은 이번 유람에서 만난 세 선현에게서 무엇을 보았을까. 한유한은 벼슬로 자신을 부르자 달아나서 일생 모습

조지서 묘소

오천정씨 정려비문

을 드러내지 않았고, 정여창은 출사하였다가 죽임을 당하였고, 조지서는 난세를 직시하고서 물러났으면서도 죽임을 면치 못한 경우이다. 이들 세 사람은 모두 당대의 뛰어난 인재였지만, 그들이 살다간 시대가 달랐고, 선택한 처세가 달랐으며, 그 결과 또한 달랐다.

만약 한유한이 출사하였다면 어찌 되었을까. 남명은 '나라가 망하려고 할 적에 어진 이를 좋아하는 일이 있을 수 있겠는가?'고 자조하였다. 난세에 어진 이를 좋아한다면서 벼슬을 내리는 정도로 예우한다면, 그것은 섭자고가 용을 좋아한 것만도 못한 일이라 일축하였다. 섭자고는 춘추시대 초楚나라 섭현葉縣의 수령이었던 심제량沈諸梁을 말한다. 그는 용을 매우 좋아하여 주변 곳곳에 용을 새겨 놓았는데, 하늘의 용이 그 소문을 듣고 내려 와 창문에 머리를 내밀고 마루에 꼬리를 걸치자, 섭자고가 기겁을 하여 달아났다고 한다. 용을 좋아한 것이 아니라 좋아하는 척했던 것이다. 인재를 좋아하여 진심으로 예우하는 것이 아니라 좋아하는 척하는 행위는, 남명의 말대로 '나라가 어지러워지고 망하려는 형세에는 아무런 도움이 되지 않는다.' 그러니 나아가지 않은 한유한의 처세는 현명했다.

그러나 아무리 뛰어난 인재라 하더라도 자신의 행·불행을 자신할 수는 없을 것이다. 은거했다가 출사하여 죽임을 당한 정여창도, 은거의 삶을 살면서도 죽임을 면치 못했던 조지서의 선택을 통해 더욱 절감할 수 있다. 남명의 말처럼 '철인의 행·불행은 천명天命'이었던 것이다.

남명은 평생 출처出處를 가장 중요시하여 문인에게도 '사군자士君子의 절의節義는 출처 하나에 있음'을 강조하였고, 고금의 인물을 평할 때도 반드시 그 사람의 출처를 먼저 살펴보았다. 그런 남명이었기에, 자연경관에 심취하기보다 유람 도중 만난 세 사람의 유적에서 자연스레 사士로서의 출처의식을 떠올리게 되었던 것이다.

> 높은 산 큰 내를 보고 오면서 얻은 바가 없는 것은 아니었다. 그러나 한유한·정여창·조지서 세 군자를 높은 산과 큰 내에 비교한다면, 십 층이나 되는 높은 봉우리 끝에 옥을 하나 더 올려놓고, 천 이랑이나 되는 넓은 수면에 달이 하나 비치는 격이다. 3백 리 길 바다와 산을 유람하였지만, 오늘 하루 동안 세 군자의 자취를 다 보았다. 물만 보고 산만 보다가 그 속에 살던 사람을 보고 그 세상을 보니, 산 속에서 10일 동안 품었던 좋은 생각들이 하루 사이에 언짢은 생각으로 바뀌어 버렸다. 훗날 정권을 잡는 사람이 이 길로 와 본다면 어떤 마음이 들지 모르겠다.

남명은 열흘 남짓의 유람 동안 아름다운 자연경관을 보면서 그 속에서 얻은 것이 적지 않았다. 청학동의 빼어난 경관에서 오히려 현실 속 자신의 모습을 자각하기도 하였고, 신응동에선 자연의 아름다움을 만끽하기도 했으며, 유람 도중 매순간마다 사람으로서의 도리에 대해 인식하기도 하였다. 이는 모두 산수자연을 통해 얻은 일차적인 즐거움이자 혜택이었다.

그러나 남명은 이에서 그치지 않고 그 자연 속에서 살았던 '사람'을 보았고, 그들의 삶을 들여다봄으로써 그 '시대'를 이해하였고, 나아가 이를 통해 자신이 발 딛고 있는 이 시대를 이해하려 했다. 지리산에 살았던 세 선현의 선택과 행위를 통해 그들의 세상을 이해하였고, 나아가 자기 시대가 추구해야 할 목표와 행해야 할 행의行誼를 생각하였던 것이다. 역시 '자연'보다 '사람'을 더 우위에 두고 있다. 그는 청학동과 신응동의 그 절경보다도 이들 세 사람의 행위를 더 높게 평가하였던 것이다. 때문에 이들 세 사람을 두고서 "십 층이나 되는 높은 봉우리 끝에 옥을 하나 더 올려놓고, 천 이랑이나 되는 넓은 수면에 달이 하나 비치는 격"이라 격찬하였던 것이다.

IV 남명 유람의 이모저모

선상 일출을 본 운 좋은 사람

예나 지금이나 지리산 유람의 백미는 천왕봉 일출이다. 힘겹게 부여잡고 천왕봉에 올라 맞이하는 그 감개무량함을 어찌 말로 다 표현할 수 있겠는가.

지금과 달리 조선시대 선현들의 지리산 유람은 어느 코스로 등정하든 천왕봉에 오른 후 정상 주변에서 노숙하거나 법계사까지 하산해서 자고 이튿날 동틀 무렵 일출을 보기 위해 다시 천왕봉으로 오르는 것이 일반적이었다. 행여 일출의 그 장엄함을 놓칠까 노심초사한 선현들은 천왕봉 꼭대기에서의 험난한 노숙을 기꺼이 감내하였다. 바닥에서 올라와 뼛속까지 사무치는 냉기도, 하늘이 울부짖는 듯 음산하기 그지없는 그 매서운 바람소리도, 온 세상을 집어삼킬 듯한 세찬 비바람도 거뜬히 견뎌냈다. 그럼에도 천왕봉 일출을 맞이하기란 쉬운 일이 아니었다. 삼대三代가 공덕을 쌓아야만 볼 수 있다는 천왕봉 일출은 억세게 운 좋은 사람만이 볼 수 있는, 그런 것이었다.

2010년 10월, 지리산권문화연구단에서는 4년차의 연구 시작과 함께 심기일전의 기회를 겸해 지리산 종주縱走를 감행하였다. 그 동안 중산리나 세석 등 어느 한 골짜기로 지리산을 올랐던 적은 몇 번 있었지만, 이렇게 종주에 참여한 것은 처음이었다. 구례 성삼재에서 시작하여 노고단→연하천→벽소령→세석평원→장터목→천왕봉을 거쳐 법계사로 하산하는 2박3일 간의 일정이었다. '산 속에 들어오니 구름도 골짜기도 눈에 들어오지 않는다.'고 했던 남명의 말처럼, 지리산의 봉우리 능선을 따라 걷고 또 걷다 보니, 눈 아래로 펼쳐진 그 눈부신 경관도 금세 그게 그것처럼 보이고, 지나는 봉우리가 토끼봉인지 노루봉인지도 몰랐고 또 궁금하지도 않았다.

그렇게 이틀 동안 죽자고 걸어서 셋째 날 동틀 무렵 천왕봉 정상에서 맞이한 일출. 그 동안 수십 편의 유람록을 숱하게 읽으면서 얼마나 많은 상상을 했던가. '맑은 하늘에 잘 닦은 구리거울 같은 해가 바다 밑에서 불쑥 튀어 올랐다.'고도 했고, '옥으로 만든 유리 항아리가 자꾸만 자꾸만 하늘로 올라가는 듯하다.'고도 했고, '떠오르는 해의 모양이 돌미륵 부도탑처럼 길쭉한 대머리였다.'고도 했다. 점점 밝아오는 여명을 일러 '마치 바다 위에 금가루를 뿌리는 듯

일출을 기다리며(상)
천왕봉 일출(하)

오색찬란하다.'고도 했고, 해가 떠오르기 직전 구름에 가렸다 보였다 하는 모습을 '파도가 해를 삼켰다가 토한다.'고도 했고, 그렇게 애간장을 태우다 하늘에 둥실 떠오른 해를 '천연 그대로의 한 송이 연꽃'으로 표현하기도 했다.

그러나 정작 천왕봉 꼭대기에서 일출을 마주한 그 순간, 필자는 아무 것도 떠오르지 않았다. 그 숱한 명문들은 날아서 지나가 버린 새만도 못한, 종이에 쓰인 한낱 글자에 불과했던 것이다. 그저 가슴 먹먹한 감동과 오랜 여운만이 있을 뿐. 그리고 알게 되었다, 선현들이 이 순간을 전하기 위해 얼마나 고뇌했을 지를. 그리고 또 알게 되었다, 일출을 기다리는 과정은 그렇게 상세히 기록하면서도 정작 그 순간에 대해서는 '아침 해가 떠올랐다.'는 짧은 한 문장으로 끝낼 수밖에 없었던 유람록 저자들의 그 고뇌를. 그럼에도 불구하고 분명한 것은 그들도 필자도 모두 억세게 운 좋은 사람이라는 사실이다.

여기 그 못지않게 억세게 운 좋은 또 한 사람이 있다. 남명은 섬진강 위에서 일출을 맞이하였다. 15일 사천에서 남명 일행을 태운 배는 밤새 곤양을 지나 다음날 새벽 하동 섬진나루에 닿았다. 지난 밤바다는 달빛이 대낮같이 밝게 비추고 은빛 물결이 잘 닦은 거울처럼 빛나고 있었다. 그들은 맑고 청정한 바다 위에서 두둥실 떠오른 보름달을 보았던 것이다.

섬진강

그리고 그 새벽, 좁은 배 안에서 서로 널브러져 자고 있는데 누군가 흔들어 깨웠다. 해가 떠오른다면서. 남명은 섬진강에 떠 있는 선상에서 일출을 맞이하였다. "찬란한 아침 해가 막 떠오르니 만경창파가 붉게 물들고, 섬진강 양쪽 언덕의 푸른 산이 출렁이는 물결 속에 거꾸로 비쳤다."는 말로 그 순간의 감회를 표출하였다. 그리고는 퉁소를 불고 북을 치며 풍악을 울렸다. 마치 바다에서 솟아오른 아침 해를 영접이라도 하는 듯이.

섬진나루는 현 하동군 하동읍 화심리에 있었다. 조선시대 선비가 유람 도중 강이나 바다 위, 그것도 배에서 일출을 맞이하는 것은 천왕봉 꼭대기에서 일출을 맞는 것만큼이나 드문 일이었다. 지리산 유람록 가운데 선상 일출은 남명이 처음이자 유일한 경험이었다. 그리고 천왕봉 일출과는 다른 듯하면서도 그 못지않은 장관이었으리라 생각된다. 그 기막힌 광경에 자기도 모르게 흥취가 일었지 않았을까.

그래도 그렇지, 어젯밤의 술기운이 채 가시지도 않았을 새벽녘임에도 퉁소를 불고 북을 두드리고 기생들에게 노래하고 악공에게 음악을 연주하게 하는, 그런 부산함을 떤단 말인가. 그 새벽녘에 노래가 나오고 흥이 솟을까도 싶은데, 또 한편으로는 얼마나 기막힌 장관이었기에 그랬을까 싶기도 하다. 어쩌면 남명은 지리산에서 일출을 본 가장 운 좋은 사람이었을지도 모르겠다.

남명의 유람에는 배탈과 설사가 잦았다

열흘 남짓 남명의 유람에는 유달리 비가 잦았다. 11일 삼가를 출발한 남명 일행은 이튿날 종일 큰 비가 내려 그 다음날인 13일까지 자형인 이인숙의 집에서 머물렀고, 쌍계사에 도착한 다음날인 17일에도 큰 비가 내려 그 다음날까지 꼼짝 못하고 절간에 갇혀 있었다. 신응사에 들어간 21

일과 22일 이틀 동안에도 큰비가 내렸다. 유람 일정의 절반 정도는 비가 내렸고, 그 전후로는 내린 비로 인해 고생이 이만저만이 아니었다.

그래서일까. 남명의 유람에는 유독 크고 작은 질병들이 등장한다. 특히 잦은 설사와 복통을 호소하고 있다. 동행인 대부분이 배앓이를 하였다. 남명도 예외는 아니었다. 쌍계사에 도착한 16일 저녁, 남명은 갑자기 구토와 설사가 나서 음식을 물린 채 누워 지냈고, 다음날 저녁에는 이인숙이 그러했고, 그날 저물녘에는 이구암이 갑자기 가슴과 배의 통증을 호소하더니 급기야 구토를 하였다.

이구암의 경우는 상태가 꽤나 심각했던 듯하다. 창자가 뒤틀리고 위가 뒤집히는 듯하더니 설사가 급해졌다고 한다. 소합원蘇合元을 썼으나 효험이 없었고, 청향유淸香油도 소용이 없었다. 소합원은 지금도 많이 복용하는 일종의 소화제이며, 청향유는 글자의 의미대로라면 맑고 깨끗한 향기가 나는 기름인데, 복통에 효험이 있었나 보다. 사람만 이런 질병으로 고생을 한 것이 아니었다. 쌍계사에 있을 때 남명의 아우 조환曺桓이 타던 말이 갑자기 병이 나서 그 와중에 접천蝶川이라는 곳까지 나가 말을 치료하기도 했다. 총체적인 난국이었다고 하겠다.

그런데 이들의 증상을 살펴보면 시쳇말로 영락없는 '장염腸炎(enteritis)'이다. 장마철이 되면 식중독 세균 감염에 의해 설사와 구토 및 고열과 통증을 동반하는 장염. 남명 일행은 연일 비가 내린 우기에 물을 갈아 마셨을 것이고, 산속이니 위생상 청결하지 못한 음식을 연일 먹었을 것이며, 게다가 절간에 갇혀 몸을 움직이지도 않았을 것이다. 집단적으로 장염에 걸렸음을 짐작할 수 있다.

너나 할 것 없이 배앓이를 하다 보니, 비가 개여 청학동을 오르려 할 때 이인숙과 이구암이 병을 핑계로 동행하지 않았고, 김홍의 중씨仲氏 김경金涇은 사천에서부터 동행했었는데 이날 아침 병 때문에 아예 집으로 돌아가 버렸다. 몸 고생도 고생이지만, 비는 남명의 유람에서 달갑지 않은 손님이었음에 분명하다.

「유두류록」에 없는 것들

남명이 다녀간 이곳은 조선시대 선현들이 올랐던 지리산 유람의 대표적 장소이다. 수백 년에 걸쳐 수많은 사람들이 이쪽 방면으로 유람을 다녀갔고, 유람록만도 수십 편이 발굴되었다. 그들의 유람에는 공통적으로 나타나는 명승이 있다. 예컨대 남명의 유람록을 중심으로 살펴보자면, 쌍계석문 석각, 쌍계사 경내의 진감선사대공탑비, 청학루, 불일암, 불일폭포, 신응사 등은 수백 년의 시간차에도 불구하고 끊임없이 등장하고 있다. 다른 시대의 다른 인물이 같은 공간에서 같은 명승을 만난 것이다. 그리고 지금 우리도 그 길을 따라가며 그들을 만나고 있다. 참으로 기이한 인연이 아닌가.

그런데 남명의 유람에는 없는 것이 몇 가지 있으니, 이를 소개해 보고자 한다. 남명 당대에 분명 있었건만 그가 언급하지 않은 것도 있고, 이후에 만들어진 것들도 있다. 전자前者의 경우가 바로 쌍계사 경내의 금당金堂이고, 후자後者의 대표적인 것이 환학대喚鶴臺와 완폭대翫瀑臺, 그리고 세이암洗耳巖 석각 등이다. 금당에 대해서는 앞에서 언급했으니 생략하고, 후자의 세 가지에 대해 살펴본다.

환학대는 쌍계사에서 뒤쪽의 국사암國師庵으로 난 샛길을 따라 불일암 방면으로 약 1.2km를 올라가면 왼쪽에 위치한 너럭바위를 일컫는다. 그 위쪽 청학동에 살던 최치원이 청학을 불러들여 노닐었다고 알려진 곳이다. 바위 상단 부분에 '환학대喚鶴臺'라는 세 글자가 석각되어 있는데, 최치원의 글씨라 일컬어져 왔다. 만들어진 경위는 자세치 않으나, 조선시대 청학동을 유람하고 기록한 수많은 유람록에 최치원의 일화와 함께 자주 등장한다.

환학대 석각이 처음 등장한 것은 1744년 8월 청학동을 유람했던 황도익黃道翼(1678~1753)의 「두류산유행록頭流山遊行錄」이다. 그는 환학대에 올라 '누군가 학을 불렀는데 유람하는 이들이 그 소리를 듣고서 누대의 이름을 실감나도록 지은 듯하다.'고 하였다. 이후 청학동으로 오르는 유람록에는 어김없이 환학대가 등장한다. 김성렬金成烈(1846~1919)은 「유청학동일기遊青鶴洞日記」에서 "이것도 최고운의 필적이다. 글자의 모양이 그다지 크지는 않았지만 1천여 년이 지났는데도 이끼가 끼지 않았으니, 신의 가호가 아니라면 어찌 이와 같을 수 있겠는가?"라 하였고, 1903년 8월 27일부터 한 달 동안 천왕봉과 청학동 일대를 유람했던 안익제安益濟(1850~1909)는 "옛 사람이 학을 부른 큰 바위가 여기구나, 고인은 가고 바위만 덩그러니 청학은 날아오지 않네. 청학봉과 백학봉은 예전 그대로 있건만, 뉘라서 다시 하늘 너머에서 학을 불러올까."[昔人喚鶴此高臺 人去臺空鶴不來 青白兩峯依舊在 誰復喚起雲宵開]라고 읊었다. 환학대는 청학동을 오르는 도중에 만나는 최치원 관련 대표적 유적의 하나이다.

환학대에서 위쪽으로 1.3km를 더 올라가면 바로 청학동의 정상인 불일암과 불일폭포가 나타난다. 그곳에 완폭대가 있었다. 완폭대의 '폭'은 불일폭포를 일컫는 것으로, '불일폭포를 완상하며 노니는 바위'라는 뜻이다. 유람록에 의하면, 완폭대는 청학동을 찾아 불일암에 들렀던 유람객이 불일폭포를 완상하기 위해 올랐던 바위이다. '완폭대' 세 글자가 석각되어 있었고, 그 위에서 불일폭포를 완상한 기록이 조선후기까지 지속적으로 나타난다. '완폭대' 글씨 또한 최치원이 썼다는 일화가 전한다. 불일암 및 불일폭포 등

완폭대에서 폭포를 완상하다

청학동 주변의 절경을 완상할 수 있는 최고의 장소로 애용되었으며, 유람록에 자주 언급함으로써 더욱 알려지게 되었다.

그러나 현재는 그 위치가 정확하지 않다. 그럼에도 불구하고 그 위치에 대해서는 여러 유람록의 기록이 거의 일치한다. 불일암 바로 앞에 있었으며, 그 아래에는 용소龍沼 또는 학추鶴湫로 불리던 못이 있었는데, 불일폭포에서 쏟아진 물이 고인 웅덩이를 가리킨다.

조위한에 의하면 "절 앞에 10여 명이 앉을 만한 너럭바위가 있었다. 그곳에 '완폭대' 세 글자가 새겨져 있었으니, 또한 최고운이 직접 쓴 것이다. 다섯 사람이 그 위에 둘러앉아 술잔을 씻어 술을 따랐다.……완폭대 앞에 오래된 나무들이 나열해 있었는데, 이전에 유람 온 사람들이 껍질을 벗기고 이름을 새긴 것이 매우 많았다. 30년 전에 남긴 자취인데도 뚜렷하게 남아 있었다."고 하였다. 이로써 완폭대는 10여 명이 앉아 술자리를 펼 수 있을 만큼 널찍한 바위이고, 그곳에 '완폭대' 외에도 유람 온 자들의 이름이 여럿 새겨져 있었음을 알 수 있다.

남명의 「유두류록」에서는 "절문 밖 소나무 밑에 나와 앉아 주거니 받거니 하면서 한껏 술을 마셨다. 아울러 악기를 연주하고 노래를 부르고 피리를 불었다."고 하였다. 완폭대 석각에 대한 언급은 없으나, 남명이 일행과 술을 마시며 풍

세이암 석각

악을 즐긴 곳이 바로 완폭대가 아니었을까 추정해 본다.

장소를 옮겨 세이암으로 가 보자. 세이암은 남명이 아꼈던 신응동의 너럭바위에 새겨진 석각을 일컫는다. 이 또한 최치원이 세상사를 들은 귀를 씻었다는 전설과 함께 그의 글씨로 전해진다. 세이암은 유몽인의 「유두류산록」에서 처음 등장한다. 그 이전에도 있었는데, 남명이 언급을 회피했는지는 알 수 없다. 신응동의 절경을 최고로 평가했던 남명이었으니, 세이암에 대해 알고 있었다면 한 마디쯤 언급했을 법도 한데 말이다.

그러나 남명의 언급이 없었다 해도 이후 이 골짜기를 찾은 유람자들은 세이암 석각을 보았다. 신명구申命耉(1666~1742)는 "역시 최고운의 필적이었다. 그 필세가 이제 막 새긴 듯했고, 지금도 이끼가 끼지 않는다고 하니, 매우 특이한 일이었다."라고 하여 세이암 관련 전설을 전하고 있으며, 박래오는 "세이암 위 옛 각자는 완연히 어제 판 듯하여 선풍仙風은 없어지지 않고 도기道氣가 서려 있었다."고 하여, 신명구와 비슷한 평을 하였다. 송병순宋秉珣(1839~1912)은 세이암에 이르러 귀를 씻고는 일행에게 이르기를 "이 바위가 어찌 유독 최고운만 귀를 씻던 곳이겠는가."라고 하여, 유쾌한 농을 던지고 있다.

부록

「유두류록」의 번역문

가정嘉靖 무오년(1558) 초여름, 나는 진주목사 김홍金泓-홍지泓之와, 수재秀才 이공량李公亮-인숙寅叔과, 고령현감을 지낸 이희안李希顔-우옹愚翁과, 청주목사를 지낸 이정李楨-강이剛而와 함께 두류산을 유람하였다. 산 속에서는 나이를 귀히 여기고 벼슬을 숭상하지 않는지라, 술잔을 돌리거나 자리에 앉을 때에도 나이순으로 하였다. 그러나 때론 그렇게 하지 않은 경우도 있었다.

○10일. 이우옹이 초계草溪에서 나의 뇌룡사雷龍舍로 와 함께 묵었다.

○11일. 나의 계부당鷄伏堂[1]에서 조반을 먹고 여정에 올

---

* 본 번역문은 필자가 포함된 두류고전연구회에서 출간한 『선인들의 지리산 유람록』(돌베개, 2000)에 실린 글을 수정한 것이다.

1) 계부당 : 남명이 살던 집의 이름으로 현 경상남도 합천군 삼가면 토

랐다. 아우 조환曺桓이 따라 나섰다. 유생 원우석元右釋은 일찍이 승려가 되었다 환속한 사람이다. 총명하고 노래를 잘 부르기에 불러 함께 길을 떠났다. 문을 나서 겨우 수십 보쯤 갔을 때, 한 어린애가 앞을 가로막으며 말하기를 "저는 도망친 종들을 좇아왔습니다. 종들이 이 길 아래쪽에 있는데, 아직 못 잡았습니다."라고 하였다. 이우옹이 재빨리 구사丘史[2] 네댓 사람을 시켜 좌우로 포위하게 했는데, 잠시 뒤 과연 남녀 8명을 묶어 말 앞으로 데리고 왔다.

드디어 말에 채찍질을 하며 길을 떠났다. 우리는 "우연히 손을 쓴 것인데, 원망하는 사람도 있고, 고맙게 여기는 사람도 있게 되었네. 이 무슨 조화 속이란 말인가?"라고 하면서 탄식하였다. 나는 다시금 가만히 탄식하기를 "이우옹이 오십 평생 소매 속에 손을 넣고 써 보지 않았으니, 주먹이 메주덩이처럼 굳어진 줄 알았네. 그의 재주가 비록 황하黃河·황수湟水 유역 천만 리의 땅을 수복할 수는 없을지라도, 오히려 급박한 상황에서는 그 방법과 계략을 지휘할 수 있으니, 참으로 훌륭한 솜씨라 할 만하네."라 하고서, 서로 배꼽을 움켜쥐고 웃다가 길을 떠났다.

저물녘에 진주晉州 경내에 이르렀다. 사천泗川에서 배를

동에 있었다. '계부'란 닭이 알을 품고 있듯 묵묵히 들어앉아 내적 수양에 힘쓴다는 뜻이다.

2) 구사 : 조선시대 공신에게 하사하던 관노비官奴婢를 말한다.

타고 떠나 섬진강을 거슬러 올라 쌍계雙磎에 들어가기로 일찍이 김홍지와 약속했었다. 그런데 마현馬峴[3]에서 뜻하지 않게 종사관從事官[4] 이준민李俊民[5]을 만났다. 그는 호남에서 어버이를 뵈러 오는 길이었는데, 그의 아버지가 바로 이인숙이다. 김홍지의 벼슬이 갈렸다는 말을 전해 듣고서, 발길을 돌려 이인숙의 집으로 가서 묵었다. 이인숙은 바로 내 자형姊兄이다.

○12일. 큰 비가 내렸다. 김홍지가 편지를 보내 그대로 머물게 하고, 갖가지 맛난 음식을 보내왔다.

○13일. 김홍지가 와서 소를 잡고 풍악을 베풀었다. 이우옹·김홍지·이준민이 경쟁이라도 하듯 술을 실컷 마신 뒤 파하였다.

○14일. 이인숙과 함께 이강이의 집으로 가서 묵었다. 이강이가 우리를 위해 칼국수·단술·생선회와 흰색·노란색 경단과 푸른 색·붉은 색 절편 등을 만들어 대접했다.

○15일. 이강이와 함께 모두 장암場巖[6]으로 향했다. 이강

---

3) 마현 : 현 경상남도 진주시 옥봉동에 있는 고개로, '말티고개'라 부른다.

4) 종사관 : 각 군영이나 포도청에 소속된 종6품의 관직을 말한다.

5) 이준민李俊民(1524-1591) : 자는 자수子修, 호는 신암新菴, 본관은 전의全義이다. 이공량의 아들로 남명의 생질이다. 1549년 문과에 급제하여 좌참찬 등을 역임하였다.

6) 장암 : 현 경상남도 사천시 축동면 구호리 사천만 접경에 있던 지명

이의 서제庶弟인 이백李栢도 따라 나섰다. 옛날 장군이었던 이순李珣[7]의 쾌재정快哉亭[8]에 먼저 올랐다. 얼마 뒤 김홍지의 중씨仲氏 김경金涇과 김홍지의 아들 김사성金思誠이 잇달아 왔고, 김홍지는 맨 뒤에 왔다. 잠시 후 사천군수 노극수魯克粹가 고을의 수령 자격으로 찾아와 조촐한 술자리를 베풀어 주었다. 모두 큰 배에 오르자, 사천군수 노군魯君은 술과 안주 및 음식을 실어 준 뒤 배에서 내려 돌아갔다. 충순위忠順衛[9] 정당鄭瑺이 물건 챙기는 일을 감독하였다.

기생 10명이 피리·생황·북·나발 등의 악기를 모두 벌여 놓았으나, 이 날은 회간국비懷簡國妃 한씨韓氏의 기일忌日[10]이었기 때문에 음악을 연주하지 않고 채식을 하였다. 그

이다.

7) 이순 : 고려 공민왕 때 장군으로, 홍건적이 쳐들어 왔을 때 대장군으로 적을 물리쳐 큰 공을 세웠다.

8) 쾌재정 : 현 경상남도 사천시 축동면 구호리에 있었다. 고려시대 장군 이순李珣이 살던 곳이다.

9) 충순위 : 충무위忠武衛에 딸린 군직軍職을 말한다.

10) 회간국비……기일 : 회간국비는 세조의 큰아들이며 성종의 아버지인 덕종德宗의 왕비 소혜왕후昭惠王后 한씨韓氏를 가리킨다. 소혜왕후의 기일은 음력 4월 27일이다. 그러나 이 자료에서는 4월 15일을 기일이라고 하였으므로 소혜왕후의 기일을 가리키는 것이 아니다. 4월 15일은 성종의 원비元妃인 공혜왕후恭惠王后 한씨韓氏의 기일이다. 따라서 남명이 '회간국비'라고 한 것은 착오인 듯하다. 그래서인지 임술본 이후로는 '회간국비'를 '공혜왕후'로 바꾸었다.

때 유생 백유량白惟良이 배 위로 올라와 인사하고 동행하였다.

이날 밤 달빛이 대낮 같이 밝게 비추고 은빛 물결이 잘 닦은 거울처럼 빛나, 천근天根[11]과 옥초沃焦[12]가 모두 자리에 함께 한 듯하였다. 사공들이 번갈아 뱃노래를 부르니, 교룡蛟龍이 사는 굴까지 메아리가 울려 퍼지는 듯하였다. 삼태성三台星[13]이 어느새 하늘 복판에 이르고, 샛바람이 살랑살랑 불어왔다. 서둘러 돛을 펴고 노를 걷은 뒤, 바람을 타고 강을 거슬러 올라갔다. 사공이 얼마 뒤 하동河東[14] 땅을 지났다고 하였다.

서로 뒤엉켜 잠들었는데 세로로 누운 사람도 있고, 가로로 누운 사람도 있었다. 김홍지가 편 담요와 겹이불은 폭이 매우 넓었다. 나는 처음에 그의 이불 한 쪽에 끼어 잠을 청했는데, 점점 밀치고 들어가 김홍지를 자리 밖으로 밀어내 버렸다. 이 어찌 꿈속에 깊이 빠져 자기 물건이 어느새 남의 소유가 된 줄도 모르는 것이 아니겠는가?

---

11) 천근 : 28수宿 가운데 저성氐星을 가리킨다.

12) 옥초 : 동해 남쪽 3만리 지점에 있다는 산 이름이다.

13) 삼태성 : 삼공三公을 상징하는 별로, 상태성 · 중태성 · 하태성을 말한다.

14) 하동 : 신해본 이후로는 '곤양'으로 되어 있다. 사천에서 바닷길로 곤양을 지나 섬진강을 거슬러 하동으로 올라갔기 때문에 '곤양'으로 보는 것이 타당할 듯하다.

○16일. 새벽빛이 희미하게 밝아질 무렵 섬진[15]에 다다랐다. 흔들어 깨우는 사이에 벌써 곤양[16] 땅을 지나 버렸다고 하였다. 찬란한 아침 해가 막 떠오르니 만경창파가 붉게 물들고, 섬진강 양쪽 언덕의 푸른 산이 출렁이는 물결 속에 거꾸로 비쳤다. 통소를 불고 북을 치니, 노랫소리와 나발 소리가 번갈아 일어났다. 저 멀리 서북쪽으로 10리쯤 되는 곳의 구름 속에 높이 솟은 산이 바로 두류산의 바깥쪽이다. 서로들 들뜬 기분으로 구경하면서 말하기를 "방장산方丈山[17]이 삼한三韓 밖에 있다더니,[18] 벌써 멀지 않은 곳에 있구나."라고 하였다.

눈 깜짝할 사이에 악양현을 지났다. 강가에 삽암鍤岩[19]이라는 곳이 있었는데, 바로 녹사錄事[20]를 지낸 한유한韓惟漢[21]의 옛 집이 있던 곳이다. 한유한은 고려가 어지러워질

---

15) 섬진 : 현 경상남도 하동군 하동읍 화심리에 있는 '섬진나루'를 말한다.

16) 곤양 : 신해본 이후로는 '하동'으로 되어 있다. 이 역시 유람의 일정으로 볼 때 곤양을 지나 섬진강을 거슬러 올라갔기 때문에 '하동'으로 보는 것이 타당할 듯하다.

17) 방장산 : 지리산의 다른 이름이다.

18) 방장산이……있다더니 : 두보杜甫의 시 「봉증태상장경균이십운奉贈太常張卿均二十韻」의 첫 구에 보인다.

19) 삽암 : 현 경상남도 하동군 악양면 평사리 섬진강 가에 있는 바위를 일컫는다.

20) 녹사 : 고려시대 하급 관직이다.

것을 예견하고, 처자식을 이끌고 이곳에 와서 은거한 인물이다. 조정에서 그를 불러 대비원大悲院[22] 녹사로 삼았는데, 그날 저녁에 달아나 간 곳이 묘연했다고 한다. 아! 나라가 망하려 할 적에 어찌 어진 이를 좋아하는 일이 있을 수 있겠는가? 어진 이를 좋아하는 것이 착한 사람을 표창하는 정도에서 그친다면, 또한 섭자고葉子高가 용龍을 좋아한 것[23]만도 못한 일이니, 나라가 어지러워지고 망하려는 형세에는 아무런 도움이 되지 않는다. 문득 술을 가져오라고 하여 한 잔 가득 따라 놓고, 거듭 삽암을 위해 길이 탄식하였다.

정오 무렵 도탄陶灘에 배를 정박시켰다. 어수룩한 늙은이들이 소골다蘇骨多[24]를 쓰고 와서 절을 하였는데, 악양현 · 화개현의 아전들이었다. 또 단령團領[25]을 입은 아전

---

21) 한유한 : 고려 시대 무신집권기에 벼슬을 버리고 지리산으로 들어가 깨끗한 지조를 지킨 인물이다. 『고려사』 「열전」 제12권에 그의 행적이 기록되어 있다.

22) 대비원 : 고려시대 구호기관으로, 개경에 동 · 서 두 원을 두었다.

23) 섭자고가……것 : 섭자고는 춘추시대 초나라 섭현葉縣의 수령이었던 심제량沈諸梁을 말한다. 그는 용을 매우 좋아하여 자기 주변의 곳곳에 용을 새겨 놓았는데, 하늘의 용이 그 소문을 듣고 내려와 창문에 머리를 내밀고 마루에 꼬리를 걸치자, 섭자고가 기겁을 하여 달아났다고 한다.

24) 소골다 : 자주빛 명주로 만든 고깔 모양의 갓으로, 좌수座首나 별감別監 등이 썼다.

몇 사람이 와서 절을 하였는데, 김홍지가 다스리는 진주 관내에서 규찰糾察과 권농勸農 등을 맡은 관리였다. 강가에는 산간 마을이 아래위로 연이어 있고, 이리저리 난 밭이랑이 열에 하나 정도밖에 남아 있지 않지만, 예전에는 임금의 덕화德化가 이 깊은 산골짜기까지 미쳐 백성과 물산物産이 번성했음을 알 수 있다.

도탄에서 1리쯤 떨어진 곳에 정선생鄭先生 여창汝昌[26]이 살던 옛 집터가 남아 있다. 선생은 바로 천령天嶺[27] 출신의 유종儒宗[28]이었다. 학문이 깊고 독실하여, 우리나라 도학에 실마리를 열어 준 분이다. 처자식을 이끌고 산 속으로 들어갔다가, 뒤에 내한內翰[29]을 거쳐 안음현감安陰縣監[30]이 되었다. 뒤에 교동주喬桐主[31]에게 죽임을 당했다. 이곳은 삽암에서 10리쯤 떨어진 곳이다. 밝은 철인哲人의 행·불행幸不幸이 어찌 운명이 아니랴?

김홍지와 이강이가 먼저 석문石門에 도착하였다. 이곳이

---

25) 단령 : 옷깃을 둥글게 만든 공복公服의 일종이다.
26) 정선생 여창 : 정여창鄭汝昌(1450~1504)을 말한다.
27) 천령 : 현 경상남도 함양의 옛 이름이다.
28) 유종 : 당대 유학의 종장宗匠이라는 말이다.
29) 내한 : 내직인 한림翰林, 곧 예문관 검열을 가리킨다.
30) 안음현감 : 안음은 현 경상남도 함양군 안의면을 가리킨다.
31) 교동주 : 연산군을 가리킨다. 중종반정으로 폐위되어 강화도 교동喬桐에 안치되었기 때문에 '교동주'라고 일컫는다.

바로 쌍계사雙磎寺 동문洞門이다. 검푸른 빛깔의 바위가 양쪽으로 마주보고 서서 한 길 남짓 열려 있는데, 그 옛날 학사學士 최치원崔致遠이 오른쪽에는 '쌍계雙磎', 왼쪽에는 '석문石門'이라는 네 글자를 손수 써 놓았다. 글자의 획이 사슴 정강이만큼 크고 깊게 새겨 넣었다. 지금까지 천 년의 세월이 흘렀는데, 앞으로 몇 천 년이나 더 남아 있을지 모르겠다.

서쪽으로 벼랑을 무너뜨리고 돌을 굴리며 저 백 리 밖에서 흘러오는 시내는 신응사神凝寺가 있는 의신동擬神洞의 물줄기고, 동쪽으로 구름 속에서 새어 나와 산을 뚫고 까마득히 근원을 알 수 없는 곳에서 흘러오는 시내는 불일암佛日庵이 있는 청학동青鶴洞의 물줄기이다. 절이 두 시내 사이에 있기 때문에 쌍계雙磎라고 부른 것이다.

절문 밖 수십 보 지점에 높이가 10자나 되는 비석이 귀부龜趺 위에 우뚝 서 있는데, 최치원의 글과 글씨가 새겨져 있는 비석[32]이다. 앞에 서 있는 높다란 누각에는 '팔영루八詠樓'라고 쓴 현판이 걸려 있었다. 그 뒤에 있는 비각碑閣은 중수重修하는 중이어서 기와가 아직 덮여 있지 않았다. 이 절의 승려 혜통惠通·신욱愼旭이 차와 과일을 내오고, 산나

32) 비석 : 신라시대 고승인 진감선사眞鑑禪師의 행적을 적은 진감선사 대공탑비를 말한다.

물을 곁들여서 빈주賓主의 예로 우리를 접대하였다. 이날 초저녁에 나는 갑자기 구토와 설사가 나서 음식을 물리치고 누워 있었다. 이우옹이 나를 간호하며 서쪽 곁방에서 잤다.

○17일. 이른 아침에 김홍지가 와서 문병하였다. 그는 갑자기 전라도 어란달도魚瀾㺚島에 왜선倭船이 와서 정박하고 있다는 소식을 듣고, 곧바로 유람 계획을 취소하고 아침밥을 서둘러 먹고서 돌아가려 하였다. 선걸음에 몇 잔 술을 돌렸다. 이에 앞서 호남 유생 김득리金得李·허계許繼·조수기趙壽期·최연崔研 등이 먼저 이 절에 와 있어서, 이들을 법당으로 청하여 한 차례 술을 돌리고 풍악을 울렸다. 갑자기 작별하게 되자, 서로의 행색이 몹시도 급하여, 「북산이문北山移文」에 관한 일은 토론해 볼 겨를도 없었다.[33]

다만 어제 배 안에서 김홍지가 자주색 띠[34]를 허리에 매고 있기에 내가 "이는 토끼나 원숭이를 묶는 물건인데, 도

---

33) 「북산이문北山移文」에 …… 없었다 : 「북산이문」은 중국 육조시대 송나라 공치규孔稚圭가 지은 글이다. 함께 종산鍾山에 은거하던 주옹周顒이 출사했다가 벼슬하던 도중 다시 종산에 들리려 하자, 이를 싫어했던 공치규가 종산 신령의 말을 빌려 그가 발을 들여놓지 못하게 하는 내용이다. 여기서는 사士의 출처관에 대해 토론해 볼 겨를이 없었다는 의미이다.

34) 자주색 띠 : 수령이 관복에 두르는 띠를 말한다.

리어 토끼나 원숭이에게 묶여 나올까 염려됩니다."[35]라고 잠시 농을 하고서 박수를 치며 한바탕 웃은 일이 있었는데, 이에 이르러 과연 그렇게 되었다.

한스러운 것은, 우리들이 수행에 힘쓰지 않아 능히 한 늙은 벗을 보호해 지기석支機石[36] 위에 함께 앉아, 창자에 가득한 티끌을 토해 내고 금화산金華山[37]의 무한한 정기精氣를 한껏 들이마셔 늘그막의 절반 양식으로 만들지 못했다는 점이다. 기생 봉월鳳月·옹대甕臺·강아지江娥之·귀천貴千과 피리 부는 천수千守를 제외하고, 다른 사람들은 모두 돌려보냈다.

이날 온종일 큰 비가 그치지 않고 운무가 사방에 자욱하여, 밖의 인간 세상과는 몇 겹의 구름과 물이 가로막혔는지 모를 지경이었다. 정오 무렵에 호남의 역리驛吏가 종사관의 편지를 가지고 왔는데, 연대烟臺[38]의 보고에 의하면, 어란

---

35) 이는……염려됩니다 : 조선시대 관리들은 묘시卯時(5~7시)에 출근했다가 신시申時(15~17시)에 퇴청하였다. 여기서는 '묘'를 토끼로, '신'을 원숭이로 풀이하여 희롱한 것이다. 곧 진주목사 김홍이 공무에 얽매여 있는 몸임을 상징적으로 표현한 것이다.

36) 지기석 : 천상의 직녀織女가 베틀을 괴는 데에 사용했다고 하는 돌. 여기서는 신선이 앉을 만한 조용하고 깨끗한 곳이라는 뜻으로 쓰였다.

37) 금화산 : 중국 절강성 금화현 북쪽에 있는 산. 한나라 때 신선 적송자赤松子가 이 산에서 선도仙道를 깨쳤다고 한다.

38) 연대 : 봉화대를 말한다.

달도에 나타났다는 왜선은 몇 척의 우리 조운선漕運船[39]이라는 것이었다. 더욱 안타까운 것은, 김홍지의 골상骨相이 신선 세계와는 연분이 없어서 도끼 자루 하나 썩는 동안의 말미도 허락되지 않는다는 점이다. 그러나 김홍지는 한량없이 중생을 제도하는 계율을 닦았는지 사람들이 술과 안주를 연이어 가져오고, 기별과 서찰이 잇달아 이르렀다. 육갑六甲[40]과 취사도구를 모두 강국년姜國年에게 맡겨서, 우리로 하여금 계옥桂玉의 어려움[41]을 전혀 모르게 하였다. 강국년은 진주의 아전이다.

이날 이강이의 집안사람 이응형李應亨이 절로 찾아왔다. 저녁에 이인숙이 설사를 하고 신음을 하였다. 저물녘에 이강이가 갑자기 가슴과 배의 통증을 호소하더니, 두어 말이나 토했다. 창자가 뒤틀리고 위가 뒤집히는 듯한 통증으로 매우 괴로워하더니, 설사가 점점 급해졌다. 소합원蘇合元을 썼으나 별 효험이 없었다. 다시 청향유淸香油를 썼지만 역시 효험이 없었다. 그가 전부터 가까이 했던 기생 강아지가 그의 머리맡에서 간호했는데, 새벽녘이 되어서야 비로소

39) 조운선 : 조세로 징수한 곡물을 운반하는 배이다.

40) 육갑 : 쌍육과 비슷한 놀이 기구의 일종이다.

41) 계옥의 어려움 : 땔나무를 하고 식량을 마련하는 어려움을 말한다. 전국시대 소진蘇秦이 "초나라의 식량은 옥보다 귀하고, 땔나무는 계수나무보다 귀하다."라고 한 데서 나온 말이다.

진정되었다.

그는 아침에 일어나 아무 일도 없었다는 듯이 고개를 들고 말하기를 "지난 밤 가슴이 하도 아파 죽을 것만 같았습니다. 내 비록 죽더라도 여러분이 곁에 있는데, 어찌 여인의 손에 죽을 수 있겠습니까?"라고 하였다. 일행 모두가 그를 위로하며 말하기를 "그대 또한 겁쟁이시네. 오래 살려는 생각을 항상 지니고 있기 때문에 잠시 대단찮은 병에 걸렸는데도 바로 죽지나 않을까 안타까워한 것일세. 죽고 사는 것은 또한 큰일이니, 어찌 이처럼 하찮은 병 때문에 잘못되겠는가?"라고 하였다.

○18일. 산길이 질펀하고 미끄러워 불임암에 올라가지 못하고, 시냇물이 불어나 신응사에도 들어가지 못하여 쌍계사에 그대로 머물렀다. 호남순변사湖南巡邊使 남치근南致勤[42]이 이인숙에게 술과 음식을 보내 왔는데, 종사관의 아버지를 위한 것이었다. 진사 하종악河宗岳[43]의 종 청룡青龍과, 사인舍人[44] 정계회丁季晦[45]의 종 등이 술과 생선을 가

42) 남치근南致勤(?~1570) : 조선중기의 무신. 1528년 무과에 장원하여 벼슬길에 나간 뒤 전라도순변사를 거쳐, 1562년에는 황해도를 무대로 활동하던 임꺽정을 잡았다.

43) 하종악 : 자는 군려君礪이며, 남명의 질서姪壻이다.

44) 사인 : 조선시대 의정부에 소속된 관직이다.

45) 정계회 : 조선중기의 문신 정황丁璜(1512~1560)을 가리킨다. 계회는 그의 자이다. 1546년 사인으로 재직하다가 윤원형이 득세하자

지고 와서 인사를 했다. 신응사 지임持任 윤의允誼가 와서 인사를 했다.

내 아우가 타던 말이 병이 나서 접천蝶川 밖에 사는 진塵이라는 사람에게 돌보도록 부탁하였다. 저녁에 이우옹과 함께 뒤채 서쪽에 있는 방장실方丈室에서 잤다.

○19일. 아침을 재촉하여 먹고 청학동으로 들어가려 하였는데, 이인숙과 이강이는 병을 핑계로 동행하지 않았다. 진실로 속세와 단절된 세계는 진정한 인연이 없으면 신명神明이 받아들이지 않음을 참으로 알겠구나. 이인숙과 이강이가 예전에 한 번 들어왔었던 것은 꿈속에서였지, 실제로 왔던 것은 아닐 것이다. 나는 생각건대 김홍지와 비교해 보면 차이가 있기는 하지만, 또한 이들도 뒷마무리를 짓는 인연이 없는 듯하다. 돌아보건대 나는 세 번이나 이곳에 들어왔었지만 속세의 인연을 아직 다 떨쳐버리지 못하였다. 팔십 된 노인이 벼슬도 없이 일찍이 세 번씩이나 봉황지鳳凰池[46]에 들어갔던 것[47]과 비교하면 오히려 내가 양보하고 싶지 않지만, 세 차례 악양에 들어갔으나 사람들이 아무도 알아보지 못했던 사람[48]과 비교해 보면, 나는 아직 멀었음

사직하고 남원으로 돌아갔다.

46) 봉황지 : 대궐 안에 있는 못으로, 여기서는 궁궐을 말한다.

47) 팔십……것 : 구체적으로 누구를 가리키는지 알 수 없으나 80세가 되어서도 벼슬에 연연한 사람을 말한다.

을 바야흐로 알겠다.

이날 아침 김경이 병 때문에 우리와 동행하는 것을 사양하고, 기생 귀천貴千을 데리고 급히 떠났다. 김군은 이때 나이가 일흔 일곱이었으나 나는 듯 산에 올라, 처음에는 천왕봉까지 오르려 하였었다. 그 사람됨이 마치 이원梨園[49]에서 노닐다 온 사람처럼 호방했다. 호남에서 온 네 사람[50]과 백유량·이씨[51] 두 유생이 동행하였다.

북쪽으로 오암唔巖을 오르는데, 나무를 잡고 잔도棧道를 타면서 나아갔다. 우석右釋은 허리에 찬 북을 치고, 천수千守는 긴 피리를 불고, 두 기생이 그 뒤를 따르면서 선두 대열을 이루었다. 나머지 여러 사람들은 앞서거니 뒤서거니 하면서 물고기를 꼬챙이에 꿴 것처럼 줄지어 앞으로 나아가면서 중간 대열을 이루었다. 강국년과 요리사 및 음식을

---

48) 세 차례나……사람 : 순양자純陽子 여동빈呂洞賓이 악주岳州의 한 고사古寺 벽에 시 2수를 남겼는데, 그 첫째 수에 "아침에 악악을 노닐다가 저녁엔 창오에 있고, 소매 속 청사검에 담기가 드높네. 세 번이나 악양에 들어가도 아무도 몰라보니, 낭랑히 시 읊고서 동정호로 날아가네.[朝遊岳鄂暮蒼梧 袖有青蛇膽氣麤 三入岳陽人不識 朗吟飛過洞庭湖]"라고 하였다.

49) 이원 : 중국 당나라 현종이 궁궐 안에서 무희舞姬를 양성하기 위해 설치했던 곳을 말한다.

50) 네 사람 : 김득리金得李·허계許繼·조수기趙壽期·최연崔硏을 가리킨다.

51) 이씨 : 이백과 이응형이 있는데, 누군지 자세치 않다.

운반하는 종 등 수십 인이 후미 대열을 이루었다. 승려 신욱이 앞에서 길을 안내하며 갔다.

중간에 큰 바위 하나가 있었는데, '이언경李彦憬·홍연洪淵'이라는 글자가 새겨져 있었다. 오암에도 '시은형제柿隱兄弟'라는 글자가 새겨져 있었다. 아마도 썩지 않는 돌에 이름을 새겨 억만년토록 전하려 한 것이리라. 대장부의 이름은 마치 푸른 하늘의 밝은 해와 같아서, 사관史官이 책에 기록해 두고 넓은 땅 위에 사는 사람들의 입에 오르내려야 한다. 그런데 사람들은 구차하게도 원숭이와 너구리가 사는 숲속 덤불의 돌에 이름을 새겨 영원히 썩지 않기를 바란다. 이는 나는 새의 그림자만도 못해 까마득히 잊힐 것이니, 후세 사람들이 날아가 버린 새가 과연 무슨 새인 줄 어찌 알겠는가? 두예杜預의 이름이 전하는 것은 비석을 물속에 가라 앉혀 두었기 때문이 아니라, 오직 하나의 업적이 있었기 때문이다.[52]

열 걸음에 한 번 쉬고 열 걸음에 아홉 번 돌아보면서 비로소 불일암에 도착하였다. 이곳이 바로 청학동이다. 이 암

---

52) 두예의……때문이다 : 진晉나라 두예가 자신의 이름을 후대에 길이 전하려 자신의 공적을 새긴 비석 2개를 만들었다. 하나는 현산峴山 꼭대기에 세우고, 다른 하나는 만산萬山 기슭의 못 속에 가라앉혀 두었다. 그러나 두예는 정작 『춘추좌씨전春秋左氏傳』의 주석서인 『좌씨경전집해左氏經傳集解』를 지은 업적으로 후대에 이름을 남겼다.

자는 허공에 매달린 듯한 바위 위에 있어 아래로 내려다 볼 수가 없었다. 동쪽에 높고 가파르게 떠받치듯 솟아 조금도 양보하려고 하지 않는 것은 향로봉香爐峯이고, 서쪽에 푸른 벼랑을 깎아 내어 만 길 낭떠러지로 우뚝 솟은 것은 비로봉毗盧峯이다. 청학 두세 마리가 그 바위틈에 깃들어 살면서 가끔 날아올라 빙빙 돌기도 하고, 하늘로 솟구쳤다가 내려오기도 한다.

아래에는 학연鶴淵이 있는데, 까마득하여 밑이 보이질 않았다. 좌우상하에는 절벽이 빙 둘러 있고, 층층으로 이루어진 폭포는 문득 소용돌이치며 손살같이 쏟아져 내리다가 문득 합치기도 하였다. 그 위에는 수초가 우거지고 초목이 무성하여 물고기나 새도 오르내릴 수 없었다. 천 리나 멀리 떨어져 있어 도저히 건널 수 없는 약수弱水[53]도 이에 비할 바가 못 되었다.

바람과 우레 같은 폭포소리가 뒤얽혀 서로 싸우니, 마치 천지가 개벽하려는 듯 낮도 아니고 밤도 아닌 상태가 되어 문득 물과 바위를 구별할 수 없었다. 그 안에 신선·거령巨靈·큰 교룡·작은 거북 등이 살면서 영원히 이곳을 지키며 사람들이 접근하지 못하도록 하는 것인지도 모르겠다. 어

53) 약수 : 중국 고대 신화나 전설 속에서 일컬어지는 건너기 어려운 험한 물을 말한다.

느 호사가가 나무를 베어 다리를 만들어 놓아서, 겨우 그 입구까지 들어갈 수 있었다. 이끼를 걷어내고 벽면을 살펴보니 '삼선동三仙洞'이라는 세 글자가 있는데, 어느 시대에 새긴 것인지는 알 수 없었다.

이우옹과 내 동생 및 원생元生 등 몇 사람이 나무를 부여잡고 내려가 서성이며 이리저리 둘러보고서 올라왔다. 나이가 젊고 다리가 튼튼한 사람은 모두 향로봉까지 올라갔다. 다시 불일암에 모여 물을 마시고 밥을 먹었다. 절문 밖 소나무 밑에 나와 앉아서 주거니 받거니 하면서 한껏 술을 마셨다. 아울러 악기를 연주하고 노래를 부르고 피리를 부니, 그 소리가 사방에 울려 퍼지고 산봉우리에도 메아리쳤다.

동쪽에 있는 폭포는 나는 듯 백 길 낭떠러지로 쏟아져 학담鶴潭을 이루고 있었다. 내가 이우옹을 돌아보고 말하기를 "물이란 만 길이나 가파른 골짜기를 만나면 아래로만 곧장 내려가려 하여, 다시는 의심하거나 돌아보지 않고 앞만 보고 달려가니, 여기가 바로 그런 곳일세."라고 하였더니, 이우옹도 그렇다고 하였다. 정신과 기운이 매우 상쾌하였으나 오래 머무를 수 없었다.

잠시 후에 뒤쪽 능선으로 올라 지장암地藏菴을 찾아가니, 모란이 활짝 피어 있었다. 한 송이가 한 말 됨직한 붉은 꽃이었다. 그 곳에서 곧장 쌍계사로 내려가는데, 한 번에 몇

리를 가서야 겨우 한 차례 쉴 수 있을 정도로 가팔랐다. 양羊 어깻죽지를 삶을 정도의 짧은 시간에 쌍계사로 돌아왔다. 처음 위쪽으로 오를 적에는 한 걸음 한 걸음 내딛기가 힘들더니, 아래쪽으로 내려 올 때에는 단지 발만 들어도 몸이 저절로 쏠려 내려갔다. 그러니 어찌 선善을 좇는 것은 산을 오르는 것처럼 어렵고, 악惡을 따르는 것은 무너져 내리는 것처럼 쉬운 일이 아니겠는가?[54]

이인숙과 이강이가 팔영루八詠樓에 올라 우리 일행을 맞이하였다. 저녁에 이인숙·이우옹과 함께 다시 절 뒤채의 동쪽에 있는 방장실에서 잤다.

○20일. 신응사神凝寺로 들어갔다. 절은 쌍계사에서 10리쯤 되는 곳에 있었다. 그 사이에 허름한 주막이 두어 집 있었다. 절문 앞 백보 쯤 되는 칠불계곡七佛溪谷 가에 이르러, 말에서 내려 둘러앉았다. 시냇물이 세차게 흘러 안장을 풀고 모두 말등에 올라타고서 냇물을 건넜다. 주지 옥륜玉崙과 지임持任 윤의가 나와 우리 일행을 맞이하였다.

절에 도착하여 안으로 들어가지 않고 곧장 절 앞의 시냇가 반석으로 달려가 그 위에 벌여 앉았다. 유독 이인숙과 이강이를 바위 끝 가장 높은 곳에 앉히고는 "그대들은 비록 위급한 상황에 처하더라도 그 자리를 잃지 말게나. 만일 그

54) 선을……아니겠는가 : 이 말은 『국어國語』「주어周語」에 보인다.

대들이 시냇물에 빠지기라도 한다면 다시는 올라 올 수 없을 것일세."라고 말하니, 그들이 웃으면서 말하기를 "바라건대 이 자리를 빼앗지나 마시게."라고 하였다.

최근 내린 비에 불어난 시냇물이 돌에 부딪혀 솟구쳤다가 부서지니, 마치 만 섬 구슬을 다투어 내뿜는 듯도 하고, 번개가 번쩍이고 천둥이 으르렁거리는 듯도 하며, 희뿌옇게 가로지른 은하수에 별들이 떨어지는 듯도 하였다. 또한 손님을 맞아 잔치를 벌인 요지瑤池[55]에 비단 방석이 어지러이 널려 있는 듯도 하였다. 용과 뱀이 비늘을 숨긴 듯한 검푸른 못은 헤아릴 수 없이 깊었고, 소와 말의 모습을 한 우뚝 솟은 돌들이 셀 수 없이 널려 있었다. 구당협瞿塘峽[56]의 입구 정도라야 그 신출귀몰한 변화를 비유할 수 있을 것이다. 참으로 조화옹의 노련한 솜씨를 숨김없이 마음껏 발휘한 곳이었다.

우리는 눈을 휘둥그렇게 뜨고 넋을 잃고서 바라보았다. 시 한 구절을 읊조리고 싶었지만 마음대로 되질 않았다. 일제히 노래를 부르고 악기를 연주했으나, 기껏해야 큰 항아리 안에서 나나니벌이 앵앵거리는 정도여서, 제대로 알아

---

55) 요지 : 신선이 사는 곳으로, 옛날 주나라 목천자穆天子가 이곳에서 서왕모西王母를 만나 잔치를 벌였다고 한다.

56) 구당협 : 중국 사천성 동쪽 끝에 있는 양자강 3협의 하나로, 물살이 험하기로 이름난 곳이다.

들을 수 있는 소리가 되지 못하고 물귀신의 놀림거리가 될 뿐이었다.

이 절의 승려가 소반에 술과 과일을 차려 가지고 와 우리를 위로하였다. 우리도 가지고 온 술과 과일을 꺼내 몇 잔씩 나누어 마셨다. 그리고 바위 위에서 춤을 추며 실컷 즐기다가 마쳤다. 내가 고심한 끝에 절구 한 수를 읊었다.

물은 이기의 구슬을 토해내고	水吐伊祈璧[57]
산은 청제의 낯빛 보다 푸르구나	山濃青帝顏[58]
겸손도 과시함도 지나치지 않으니	謙誇無已甚
여러 벗과 함께 마주하고 바라보네	聊與對君看

저녁에는 서쪽에 있는 승려의 방에서 묵었다. 밤에 누워서 조용히 글을 외웠다. 그리고 일행에게 경각시키기를 "명산에 들어 온 자치고 그 누군들 마음을 씻지 않겠으며, 누군들 자신을 소인이라 하길 달가워하겠는가. 그러나 군자는 군자가 되고 소인은 소인이 되고 마니, 한번 햇볕을 쬐는 정도로는 아무런 도움이 되지 않음을 여기서 알 수 있네."라고 하였다.

57) 이기伊祈 : 봄의 신을 가리킨다.

58) 청제青帝 : 오천제五天帝 중의 하나로, 동방에 자리 잡고서 봄을 관장하는 신이다.

○21일. 큰 비가 종일토록 그치지 않았다. 김사성이 갑자기 하직하고 비를 무릅쓰고서 굳이 떠났다. 백유량도 함께 떠났다. 기생 셋과 악공도 그들과 함께 떠나도록 하였다. 호남에서 온 유생들과 함께 날이 저물도록 사문루沙門樓에 앉아 불어난 시냇물을 구경하였다.

○22일. 아침에 비가 내리더니 저물녘에 개었다. 불어난 시냇물에 돌다리가 잠겨 절 바깥으로 나갈 수 없게 되니, 마치 백등산白登山에서 포위되었던 상황[59]과 같았다. 사람은 무려 40여 명이나 되니, 양식이 모자랄까 걱정이었다. 남은 양식을 헤아려 보고 평소에 먹던 양의 절반으로 줄였다. 술은 넉넉하여 아직도 수십 병이나 남아 있었다. 대부분의 사람들이 술 마시기를 즐기지 않았기 때문이다. 호남선비 기대승奇大升[60] 일행 11명도 비에 길이 막혀 상봉上峯에 올랐다가 여태 내려오지 못하고 있다는 말을 들었다.

쌍계사와 신응사 두 절은 모두 두류산 깊숙한 곳에 있어, 푸른 산봉우리가 하늘을 찌르고 흰 구름이 산 문턱에 걸려 있다. 그래서 인가가 드물 듯도 한데 이곳까지 관청의 부역

---

59) 백등산에서……상황 : 한 고조漢高祖가 백등산에서 흉노족에게 7일 동안 포위되어 있었던 일을 가리킨다.

60) 기대승奇大升(1527~1572) : 자는 명언明彦, 호는 고봉高峰이다. 32세 때 이황李滉의 문하에 나아가 수학하였으며, 그 뒤 이황과 수년 동안 편지를 주고받으며 사단칠정四端七情에 대해 토론하였다.

이 미쳐, 식량을 싸들고 부역하러 오가는 사람들이 줄을 이었다. 주민들이 부역에 시달리다 보니, 모두 흩어져 떠나는 지경에 이르렀다. 이 절의 승려가 나에게 청하기를, 고을 목사牧使에게 부역을 조금 줄여 달라는 내용의 편지를 써 달라고 하였다. 그들이 하소연할 데가 없음을 안타깝게 생각해서 편지를 써주었다. 산에 사는 승려의 형편도 이러하니, 산골 백성들의 사정을 알 수 있겠다. 정사政事는 번거롭고 세금은 과중하니, 백성들이 뿔뿔이 흩어져 아버지와 자식이 함께 살지 못하고 있다. 조정에서 바야흐로 이를 염려하고 있는데, 우리는 그들의 등 뒤에서 나 몰라라 한가로이 노닐고 있다. 이것이 어찌 진정한 즐거움이겠는가?

이인숙이 벼루를 쌌던 보자기에 시 한 수를 써달라고 부탁하여, 나는 다음과 같이 써주었다.

높은 물결은 우레와 벼락이 다투는 듯	高浪雷霆鬪
신령스런 봉우리는 해와 달이 갈아놓은 듯	神峰日月磨
신응사에서 주고받은 고담준론에서	高談與神宇
우리가 얻은 것이 과연 무엇인가?	所得果如何

이강이가 이어 다음과 같이 썼다.

시내엔 천 층의 하얀 물보라 솟구치고	溪湧千層雪

숲에는 만 길의 푸른 녹음이 우거졌네 林開萬丈青
넘실대는 시냇물에 정신이 활발해지고 汪洋神用活
우뚝한 봉우리에 몸가짐이 반듯해지네 卓立儼儀刑

○23일. 아침에 산을 떠나려 하자, 절의 주지 옥륜이 조반을 대접하고 우리를 배웅하였다. 두류산에 크고 작은 가람伽藍이 얼마인지 모르겠지만, 그 중에서도 신응사의 수석水石이 가장 으뜸이었다. 옛날 성중려成仲慮[61]와 함께 상봉에서부터 이 절을 찾은 것이 거의 30년 전이었고, 후에 하중려河仲礪[62]와 함께 이 절에서 여름 내내 머문 것이 벌써 20년이나 지났다. 그런데 지금 두 사람은 모두 저 세상으로 가고 나만 홀로 왔으니, 마치 은하수 가에 이르러 언제 올지도 모르는 뗏목을 멍하니 기다리는 듯한 느낌이 들었다.

법당의 불좌佛座에는 용과 뱀이 꿈틀거리는 듯한 모양의 모란꽃이 꽂혀 있고, 사이사이에 기이한 꽃들이 섞여 있었다. 양쪽에 있는 모든 창가에도 복사꽃·국화·모란꽃이 꽂혀 있었는데, 오색이 뒤섞인 찬란한 빛이 사람의 눈을 현혹시켰다. 이 모든 광경은 아직 우리나라 절에서는 보지 못한

61) 성중려 : 남명의 절친한 벗인 성우成遇(1495~1546)를 말한다. 중려는 그의 자이다. 성우는 대곡大谷 성운成運(1497~1579)의 중형으로, 을사사화에 연루되어 세상을 떠났다.

62) 하중려 : 중려는 자字이고, 이름은 자세치 않다.

것이었다. 신응사는 구례현求禮縣 나루터와는 20리, 쌍계사와는 10리, 사혜암沙惠菴과는 10리, 칠불암과는 10리 거리에 있으며, 상봉까지는 꼬박 하룻길이다.

절을 떠나 칠불암 시냇가에 이르렀다. 주지 옥륜과 지임 윤의가 시내에 나무를 가로질러 다리를 만들어서, 모두 편안히 건널 수 있었다. 시내를 따라 내려가 쌍계사 건너편에 닿았다. 혜통과 신욱이 시내를 건너와서 우리를 배웅하였고, 건장한 승려 몇 명이 함께 와서 냇물 건너는 것을 도와주었다.

다시 6~7리를 내려가 말에서 내려 시내를 건너려 하는데, 전날 말을 돌봐 준 사람과 마을사람 몇 명이 닭을 삶고 소주燒酒를 가지고 와 우리를 대접하였다. 악양현의 아전들이 대나무를 엮어 들것을 만들어서, 우리 모두를 어깨에 메고 시내를 건넜다. 시냇물이 세차게 흘러 바위에 흰 물결이 부서지고 있었지만, 우리 일행을 건네주던 한 명의 노복도 넘어지지 않았으니, 수월하게 건넜다고 하겠다. 누군들 수월하게 건너고 싶지 않겠는가마는 오히려 때에 따라 수월하기도 하고 불리하기도 하니, 이 또한 운명이 아니겠는가?

시내를 건너 10리도 못 갔을 즈음, 하종악의 종 청룡靑龍과 그의 사위가 술을 가지고 와서 소반에 생선과 고기를 차려 놓았는데, 모두가 도회지에서나 구할 수 있는 물건 같았다. 청룡의 아내 수금水金이 옛날 서울에 살 적에 둘을 혼인시켜 준 은혜가 있었기 때문에, 이인숙과 이강이에게 인사하러 온 것이었다. 모두가 수금의 인사를 받는 두 사람을 놀려댔다.

배를 타고 가면서 점심을 먹었다. 악양현 앞까지 내려가서 배를 정박하고, 현창縣倉에 들어가 잤다. 이강이는 악양현의 동쪽 몇 리쯤에 살고 있는 족숙모를 뵈러 갔다.

○24일. 새벽에 흰죽을 먹고 동쪽 고개를 올랐다. 이 고개는 '삼가식현三呵息峴'[63]이라 부르는데, 고개가 높이 솟아 하늘에 가로놓여 있어서, 올라가는 사람이 몇 걸음 못 가서 세 번이나 숨을 내쉰다 하여 그렇게 이름을 붙인 것이다. 두류산의 원기가 여기까지 백 리나 뻗어 왔건만, 여전히 높이 솟아 작아지거나 낮아지려 하지 않는다.

이우옹은 이강이의 말을 타고 채찍질하여 혼자 먼저 올라갔다. 고개 마루에 올라 말을 세우고 내려서 바위에 걸터앉아 부채질을 하고 있었다. 우리 일행은 비 오듯 땀을 흘리며 조금씩 올라가, 한참 후에야 도착하였다. 내가 느닷없이 이우옹에게 면박하기를 "그대는 말 탄 기세에 의지하여 나아갈 줄만 알고 그칠 줄을 모르는구려. 만약 훗날 의義를

63) 삼가식현 : 현 경상남도 하동군 악양면과 적량면 사이에 있는 '삼하실재'를 가리키는 듯하다.

좇게 되면 반드시 다른 사람보다 앞장설 것이니, 또한 좋은 일이 아니겠소?"라고 하니, 이우옹이 사과하며 말하기를 "나는 이미 그대가 꾸지람할 줄 알고 있었소. 내가 참으로 잘못했소."라고 하였다.

이강이가 두리번거리며 두류산을 찾았으나, 짙은 구름이 가리고 있어서 어디에 있는지 알 수 없었다. 그러자 탄식하며 말하기를 "산 중에서 두류산보다 큰 산은 없고, 한 눈에 들어올 정도로 두류산 가까이 있건만, 여러 사람이 눈을 부릅뜨고 찾아보아도 그 모습을 볼 수 없구려. 그런데 하물며 두류산처럼 크게 어질지도 못하고, 눈앞에 닿을 듯 가깝지도 않으며, 여러 사람의 눈에 환히 드러날 정도로 밝지도 않은 사람은 어떠하겠소?"라고 하였다.

우리는 사방을 두루 훑어보았다. 동남쪽으로 푸르스름하게 가장 높이 솟아있는 것은 남해의 끝에 있는 산이고, 정동쪽에 파도가 연이어 물결치는 듯한 것은 하동과 곤양의 산들이었다. 또한 동쪽에 먹구름처럼 아득히 하늘 높이 솟아있는 것은 사천의 와룡산臥龍山이었다. 그 사이에 마치 혈맥이 뒤엉켜 있는 듯한 것은 강과 포구가 서로 이어진 것이었다. 우리나라 산과 강의 견고함은 위魏나라가 보배로 여긴 정도[64]를 넘어, 넓은 바다에 접해 있고 100

64) 위나라가……정도 : 위나라 무제武帝가 서하西河에 배를 띄우고

치雉[65]의 성에 웅거해 있다. 그런데도 오히려 백성들은 보잘 것 없는 섬나라 오랑캐에게 거듭 곤란을 당하고 있으니, 어찌 그 옛날 길쌈하던 과부의 근심[66]을 하지 않겠는가?

예정보다 늦게 횡포역橫浦驛[67]에 이르렀다. 배가 몹시 고파서, 이인숙의 가방에서 과일과 말린 꿩고기를 꺼내 먹고 추로주秋露酒[68] 한 잔을 마셨다. 정오에 두리현頭理峴[69]에 도착하여, 말에서 내려 나무 아래에서 쉬었다. 우리는 갈증이 심하여 차가운 샘물을 두어 바가지씩 들이켰다. 그때 짚신을 신고 직령直領[70] 차림을 한 사람이 말에서 내려 재빨리 지나가다가 이강이를 보고 문득 앉았다. 그가 가는 곳을

가다가 오기吳起에게 말하기를 "아름답구나, 이 나라의 산과 강이 얼마나 견고한가! 이것이 바로 위나라의 보배일세."라고 하니, 오기가 말하기를 "나라의 아름다움은 임금의 덕에 있는 것이지, 험한 지세에 있는 것이 아닙니다."라고 하였다. 『통감절요通鑑節要』 제1권에 보인다.

65) 치 : 성벽의 척도 단위로, 높이 10자 길이 30자를 1치라고 한다.

66) 길쌈하던……근심 : 『춘추좌씨전』 소공昭公 24년조에 나오는 고사이다. 길쌈을 하는 과부는 실의 양이 모자랄까 걱정해야 하건만, 오히려 주나라가 멸망할까 걱정하였다는 이야기다. 곧 자신의 분수를 잊고 나라의 일을 걱정한다는 뜻이다.

67) 횡포역 : 현 경상남도 하동군 횡천면에 있던 역의 이름인 듯하다.

68) 추로주 : 가을 이슬처럼 맑은 청주를 가리킨다.

69) 두리현 : 현 경상남도 하동군 횡천면에서 북천면으로 넘어가는 고개를 가리키는 듯하다.

70) 직령 : 깃이 곧다는 말로, 옷의 일종이다. 향리鄕吏나 별감別監들이 평상복으로 많이 입었으며, 후대에는 무관들이 주로 입었다.

물어 보니, 광양의 교관校官이었다. 그때 장끼 한 마리가 끼룩끼룩 울었다. 이백李栢이 활을 잡고 화살을 시위에 얹어 살금살금 다가가자, 꿩이 갑자기 날아가 버렸다. 우리는 그 광경을 보고 웃었다.

우리가 구름 속이나 계곡에 있을 적에는 구름이나 계곡물 외에는 눈에 들어오지 않았었다. 그러다가 인간 세상에 내려오니 보이는 것은 달리 없고, 지나가는 광문廣文 선생[71]이나 날아가는 산꿩 정도가 볼거리였다. 그러니 어찌 보는 안목을 기르지 않겠는가?

저녁에 정수역旌樹驛[72]에 이르렀다. 역관驛館 앞에는 정씨鄭氏의 정문旌門[73]이 세워져 있었다. 정씨는 승선承宣[74] 조지서趙之瑞[75]의 아내이며, 문충공文忠公 정몽주鄭夢周[76]

71) 광문廣文 선생 : 당나라 때에는 학교를 '광문관廣文館'이라 불렀다. 이로부터 광문은 보통 교수敎授의 다른 이름으로 쓰였다. 여기서의 '광문 선생'은 앞서 만난 광양의 교관을 가리키는 듯하다.

72) 정수역 : 현 경상남도 하동군 옥종면 정수리에 있던 역의 이름이다.

73) 정씨의 정문 : 정문은 충신·효자·열녀 등을 표창하기 위하여 집 앞에 세운 붉은 문을 말한다. 정씨의 정려비문은 현 경상남도 하동군 옥종면 대곡리에 있다.

74) 승선 : 조선시대 승정원의 정3품 당상관인 승지의 다른 이름이다.

75) 조지서趙之瑞(1454~1504) : 자는 백부百符, 호는 지족知足이다. 1474년 문과에 급제하여 벼슬살이를 하다가, 1495년에 사직하고 지리산에 은거하였다. 1504년 갑자사화에 연루되어 화를 당했다.

76) 정몽주鄭夢周(1337~1392) : 자는 달가達可, 호는 포은圃隱, 본관은

의 현손녀이다. 조승선은 의로운 사람이었다. 거센 바람이 부딪치는 곳은 벽을 사이에 두고 있어도 춥고 떨리는 법이다. 그는 연산군이 선왕의 업적을 제대로 계승하지 못할 것을 알고 10여 년을 물러나 살았지만, 오히려 화를 면할 수 없었다. 부인은 재산을 몰수당하고 성을 쌓는 죄수가 되어, 젖먹이 두 아이를 끌어안고 살면서도 등에 신주神主를 지고 다니면서 아침저녁으로 상식上食하는 일을 그만두지 않았다. 절개와 의리를 둘 다 이룬 것이 지금까지도 이 정문에 남아 있다.

높은 산 큰 내를 보고 오면서 얻은 바가 없는 것은 아니었다. 그러나 한유한·정여창·조지서 세 군자를 높은 산과 큰 내에 비교한다면, 십 층이나 되는 높은 봉우리 끝에 옥을 하나 더 올려놓고, 천 이랑이나 되는 넓은 수면에 달이 하나 비치는 격이다. 3백 리 길 바다와 산을 유람하였지만, 오늘 하루 동안에 세 군자의 자취를 다 보았다.

물만 보고 산만 보다가 그 속에 살던 사람을 보고 그 세상을 보니, 산 속에서 10일 동안 품었던 좋은 생각들이 하루 사이에 언짢은 생각으로 바뀌어 버렸다. 훗날 정권을 잡는 사람이 이 길로 와 본다면 어떤 마음이 들지 모르겠다.

영일迎日이다. 1360년 문과에 장원한 후 여러 관직을 거쳤으며, 이성계와 함께 여진족과 왜구 토벌에 공적을 많이 세웠다. 성리학에 조예가 깊어, 동방 이학理學의 시조로 일컬어진다.

또한 산 속을 둘러볼 때 바위에 이름을 새겨 놓은 것이 많았는데, 세 군자의 이름은 어디에도 새겨져 있지 않았다. 그러나 그들의 이름은 반드시 만고에 전해질 것이니, 어찌 바위에 이름을 새겨 만고에 전하려는 것과 같겠는가?

김홍지가 또 사람을 시켜 이 역관으로 음식을 보낸 지 벌써 4~5일이나 되었다. 생원 이을지李乙枝와 수재秀才 조원우曹元佑가 찾아 왔다. 저녁에 이을지의 아버지가 술을 가져 왔고, 조광우趙光瑀도 왔다.

밤이 되어 우점郵店[77]으로 갔는데 겨우 말[斗] 만한 크기의 방 하나 뿐이었다. 허리를 구부리고 방에 들어갔지만 다리를 펼 수 없었고, 벽은 바람도 막아내지 못하였다. 처음에는 답답하여 견딜 수 없을 것 같았으나, 잠시 후에는 네 사람이 머리를 맞대고 서로 베고서 단잠에 빠져 밤을 보냈다.

이를 두고 보면, 사람의 습관이란 잠깐 사이에도 낮은 데로 치닫는 것을 알 수 있다. 앞서도 그 사람이고 뒤에도 같은 사람인데, 전날 청학동에 들어가서는 마치 낭풍산閬風山[78]에 올라 신선이 된 듯하였지만 오히려 부족하다 여겼었다. 또한 신응동에 들어가서는 바야흐로 요지瑤池[79]에

77) 우점 : 역관에 딸린 부속 건물이다.

78) 낭풍산 : 중국 곤륜산 위에 있는 신선이 사는 산이다.

올라 신선이 된 것 같았지만 도리어 부족하다 생각했었다. 그리고 은하수에 걸터앉아 하늘로 들어가거나 학을 부여잡고 공중으로 솟구치려고만 하였고, 다시는 인간 세상으로 내려오지 않으려 하였다.

그러나 뒤에는, 좁은 방에서 구부리고 자면서도 그것을 자신의 분수로 달게 받아들였다. 여기서 평소의 처지에 만족한다 하더라도, 수양하는 바가 높지 않으면 안 되고, 거처하는 곳이 작고 초라해서는 안 된다는 사실을 알 수 있다. 또한 사람이 선하게 되는 것도 습관으로 말미암고, 악하게 되는 것도 습관으로 인한 것을 알 수 있다. 위로 향하는 것도 이 사람이 하는 것이고, 아래로 치닫는 것도 같은 이 사람이 하는 것이니, 단지 한 번 발을 들어 어디로 향하느냐에 달려 있을 따름이다.

○25일. 역관에서 아침밥을 먹고 각자 흩어져 떠나려 하니, 서운한 마음이 들어 잠시나마 더 머물기로 하였다. 이인숙은 한성漢城에 살고 있고, 이강이는 사천으로 돌아가야 하며, 이우옹은 초계로 돌아가야 한다. 나는 가수嘉樹[80]에 살고 있으며, 김홍지는 삼산三山[81]에 살고 있다. 모두들 나

79) 요지 : 주나라 목왕穆王이 서왕모를 만났다는 선경으로, 곤륜산에 있다고 한다.

80) 가수 : 현 경상남도 합천군에 속했던 지명으로, 조선시대 태종 때 삼기현三岐縣과 가수현을 합하여 삼가현三嘉縣으로 만들었다.

이가 오십 내지 육십 혹은 칠십에 가깝고, 각자 이삼 백 리 내지 오백 리 혹은 근 천 리나 떨어져 있어, 훗날 함께 만나기도 어려울 듯하니, 어찌 헤어짐을 슬퍼하지 않겠는가? 이강이가 술잔에 가득 술을 붓고 말하기를 "이 순간의 이별에 무슨 할 말이 있겠소? 쳐다보기만 하고 할 말을 잊는다더니, 과연 그렇구려."라고 하였다. 모두 묵묵히 말을 타고 떠나갔다.

칠송정七松亭에 도착하여 상고대上高臺에 올랐다. 배를 타고 다회탄多會灘을 건너 이인숙은 강을 따라 내려갔고, 이강이는 1리를 더 가서 작별하였다. 나는 이우옹과 함께 쓸쓸히 돌아왔는데, 멍하니 넋을 잃은 사람 같았다. 저녁에 뇌룡사에서 자고, 이우옹과도 작별하였다. 화살이 시위를 떠난 것처럼 막 헤어지고 난 뒤, 별이 드문드문 떠 있는 새벽에 이렇듯 감회에 젖어 있으니, 마치 춘정春情에 겨워하는 봄처녀 같았다.

이번 유람을 함께 한 여러 사람들이, 내가 두류산을 자주 다녀 그 사정을 알 것이라 하여, 나에게 이번 유람의 전말을 기록하도록 하였다. 나는 일찍이 이 산을 왕래한 적이 있었다. 덕산동德山洞으로 들어 간 것이 3번, 청학동·신응동으로 들어 간 것이 3번, 용유동龍遊洞으로 들어 간 것이

81) 삼산 : 현 충청북도 보은의 옛 이름이다.

3번, 백운동白雲洞으로 들어 간 것이 1번, 장항동獐項洞으로 들어 간 것이 1번이었다.

그러니 어찌 산수만을 탐하여 왕래한 것이라면 번거로운 산행을 꺼리지 않았겠는가? 평생 품고 있던 계획인, 화산華山[82]의 한 모퉁이를 빌어 일생을 마칠 곳으로 삼으려 했던 것일 뿐이었다.

그러나 일이 마음대로 되지 않아 그 속에 살 수 없음을 알고, 서성거리며 돌아보고 안타까워하다가 눈물을 흘리며 나온 것이 10번이었다. 지금은 시골집에 매달려 있는 박처럼 걸어다니는 하나의 송장이 되어 버렸다. 이번 유람 또한 다시 가기 어려운 걸음이 되었으니, 어찌 마음이 울적하지 않겠는가? 일찍이 이런 심정을 읊은 시를 지었으니, 다음과 같다.

> 누렁 소 갈비 같은 두류산 골짝을 열 번이나 답파했고
> 썰렁한 까치집 같은 가수 마을에 세 번 둥지를 털었네
>
> 頭流十破黃牛脇　嘉樹三巢寒鵲居

또 다른 시는 다음과 같다.

---

82) 화산 : 중국 5대 명산의 하나이다.

몸을 보전하는 온갖 계책 모두 어긋났으니
이제는 방장산과의 맹세조차 저버렸구나

全身百計都爲謬　方丈於今已背盟

유람을 함께 한 이들은 모두 길 잃은 사람들이니, 어찌 나만 허둥지둥 돌아 갈 곳이 없겠는가? 다만 술 취한 사람처럼 길 모르는 이들을 위해 앞장서서 인도하였고, 그 때문에 부봉副封[83]하는 것일 뿐이다. 남명 조식-건중楗仲이 쓰다.

83) 부봉 : 한나라 때 천자에게 글을 올리려면 반드시 정봉正封·부봉副封 두 편을 지었는데, 상서원에서 먼저 부봉을 검토한 후 합당치 않은 내용이 있으면 올리지 않았다. 여기서는 다른 사람들이 이 글을 보지 못했기 때문에 부봉처럼 검토해 보라는 뜻의 겸손한 말이다.

부록

遊頭流錄* 원문

嘉靖戊午孟夏 金晉州泓泓之 李秀才公亮寅叔 李高靈希顔愚翁 李淸州楨剛而 洎余 同遊頭流山 山中貴齒而不尙爵 擧酌序坐以齒 或時不然 初十日 愚翁自草溪來我雷龍舍 同宿

○ 十一日 飯我鷄伏堂 登道 舍弟桓隨之 元生右釋 曾爲釋化俗 爲其慧悟而善謳 召與之行 出門甫數十步 有小兒前控曰 追逋奴來也 只在此路下 未捕 愚翁遽揮丘史四五人 左右匝之 俄而縛致馬頭 果八箇男女 遂策馬去 共嘆曰 偶然下手 有怨有德 斯何造物所使耶 吾復窃嘆曰 愚翁袖手五十年 拳如醬末子 縱未能收地於河湟千萬里 猶得指揮方略於呼吸之間 可謂眞大手矣 相與折倒而去 向夕投晉州 曾約泓之乘舟泗川 遡蟾津入雙磎計也 忽遇李從事俊民於馬

* 조식의 『남명집』 권2에 수록되어 있다. 『남명집』은 모두 17개의 판본이 전하는데, 본 원문은 1825년에 간행된 을유본을 저본으로 하였다.

峴 由湖南來覲其親 其親則寅叔也 更聞泓之啣差去 旋投寅叔第 寅叔則吾姊夫也

○ 十二日 大雨 泓之致書留之 益以廚傳

○ 十三日 泓之來造 殺牛張樂 愚翁 · 泓之 · 俊民 共爭的劇飮而罷

○ 十四日 與寅叔共宿剛而第 剛而爲具剪刀麵 · 醴酪齊 · 河魚膾 · 白黃團子 · 靑丹油糕餠

○ 十五日 又與剛而共向場巖 剛而庶弟栢從之 先登古將軍李珣之快哉亭 俄有泓之仲氏涇與泓之子思誠繼至 泓之尾至 未幾 泗州守魯克粹 以地主來見 設小酌 共登巨艦 魯君致酒肴犒具 下舟還去 鄭忠順澢 監會供億 妓十輩 竽笙鼓吹皆列 是日 以恭惠王后韓氏忌不作樂 蔬食 時有白生惟良詣舟上 謁同行 是夜 月明如晝 銀波鏡磨天根沃焦 都在机筵 棹夫迭唱 響龢蛟窟 三星乍中 東風微起 忽張帆撤棹 艤舡而上 舟子俄報已過昆陽地 相與枕藉 或縱或橫 泓之鋪毛席重衿 幅員甚恢 植初乞其邊 浸浸雄據 推出泓之席外 豈非昏墮夢境 自不知吾家己物 奄爲他人之有乎

○ 十六日 曙色微明 迫到蟾津 攪睡間已失河東地云 旭日初昇 萬頃蒸紅 兩岸蒼山 影倒波底 簫鼓更奏 歌吹迭作 遙見雲山揷出西北十里間者 是頭流外面也 相與挑觀喜踊曰 方丈三韓外 已是無多地矣 瞥過岳陽縣 江上有錘岩者 乃韓錄事惟漢之舊庄也 惟漢見麗氏將亂 携妻子來栖 徵爲大悲院錄事 一夕遁去 不知所之 噫 國家將亡焉有好賢之事乎 善善之好賢 又不如葉子高之好龍 無補於亂亡之勢

忽呼酒引滿 重爲鍤岩長息也 向午 泊舟陶灘 貿貿殘吏 戴蘇骨多來拜 乃是岳陽·花開縣吏也 又有團領數人來拜 乃泓之治內糾察勸農等官也 江上山村 高低連絡 縱橫其畝 雖今十存其一 王化所及 浸被窮谷 可見昔時民物之盛也 去陶灘一里 有鄭先生汝昌故居 先生乃天嶺之儒宗也 學問淵篤 吾道有緖 挈妻子入山 由內翰出守安陰縣爲喬桐主所殺 此去鍤岩十里地 明哲之幸不幸 豈非命耶 泓之·剛而 先到石門 是雙磎寺洞門也 蒼崖兩開 可丈餘 崔學士致遠手寫四字 題其右日雙磎 左日石門 畵大如鹿脛 刋入石骨 迄今已千年 不知此後幾千年也 西邊一溪 崩崖轉石 遙從百里來者 乃神凝·擬神洞水也 東邊一溪 漏雲穿山 邈不知所從來者 乃佛日青鶴洞水也 寺在兩溪間 是謂雙磎也 十尺高碑 龜趺屹立 竪在寺門外數十步 乃致遠碑也 前有高樓 扁題八詠樓 後有碑殿 重營未覆以瓦 寺僧慧通·愼旭 餉以茶果 雜以山蔬 接以賓主之禮 是夜初昏 植忽嘔吐下瀉 郤食仆臥 愚翁護宿西廂室

○ 十七日 詰朝 泓之來問疾 忽聞全羅道魚瀾㺚島 倭舡來泊 卽撤行謀 促食將返 略行巵酌 曾此湖南儒者金得李·許繼·趙壽期·崔研先到 俱邀於法堂 酒一巡樂一闋 遽別 行色忽遽 未暇說討北山移檄之事 但於昨日舟中 暫戱泓之束紫帶於腰 此是繫縛卯申之物 却恐卯申縛出去也 拍手一噱 及是果然 只恨吾輩修行無力 不能護一老友 共坐支機石上 泄吐滿腔塵土 吸盡無限金華 以년에 作桑榆一半粮料也 留妓鳳月·甕臺·江娥之·貴千·吹笛千守 餘皆放黜大雨終日不已 陰雲四合 不知此外人間 隔幾重雲水也 及午 湖南郵

吏 以從事書來到 煙臺所報 乃漕舡數隻 益嘆泓之骨相無分 暫不許一柯爛頃也 泓之猶修無量度戒 酒脯相望 音書繼至 六甲行廚之具盡付之姜國年 使吾輩都不知桂玉之累 國年州吏也 是日 剛而族生李應亨 來詣寺門 及夕 寅叔下注呻痛 薄暮 剛而卒痛胸腹 吐出數斗絞腸翻胃 氣勢甚苦 下注轉急 投以蘇合元 不效 又投淸香油 不效舊狎江娥之 捧首護持 向晨始定 朝起邈然擡首曰 去夜胸痛 如不克濟 吾雖死 諸君在 吾寧死於婦人之手乎 諸君慰解曰 君亦劫漢 貪生之念常重 故暫遇微疾 忽愛其死也 死生亦大 豈應若是其微耶

○ 十八日 因山路濕 未得上佛日 溪水漲 未得入神凝 留在 湖南巡邊使南致勤 致酒食於寅叔 爲從事之父也 河進士宗岳奴靑龍 丁舍人季晦奴 俱以酒鱗來謁 神凝持任允誼來見 舍弟所騎馬病 蝶川外有人塵其名者 付以調養 夕與愚翁 共宿後殿之西方丈

○ 十九日 促食 將入靑鶴洞 寅叔 · 剛而俱以疾退 固知十分絕境非有十分眞訣 神明不受 寅叔 · 剛而曾昔一入來者 乃是夢也 非眞到也 若比泓之 則雖有間矣 亦是無後分事也 老夫憶曾三度入來 俗緣猶未盡除 方知八十衰翁無職秩 憶曾三度鳳池來者 則猶不讓矣若比三入岳陽人不識者 則未也 是朝 金君涇辭以疾 挾妓貴千徑去金君時年七十七 登陟如飛 初欲上天王峯 爲人倜儻 有若曾到梨園裡來者 湖南四君 白李兩生同行 北上 猛巖 緣木登棧而進 右釋打腰鼓 千守吹長笛 二妓隨焉 作前隊 諸君或先或後 魚貫而進 作中隊姜國年 · 膳夫 · 僕夫 · 運饋者數十人 作後隊 僧愼旭向道而去 間有一巨石 刻有李彦憬 · 洪淵字 猛岩亦有刻柿隱兄弟字 意者 鑱諸不

朽 傳之億萬年乎 大丈夫名字 當如靑天白日 太史書諸册 廣土銘諸口 區區入石於林莽之間 猸狸之居 求欲不朽 邈不如飛鳥之影 後世果烏知何如鳥耶 杜預之傳 非以沉碑之故 唯有一段事業也 十步一休 十步九顧 始到所謂佛日菴者 乃是靑鶴洞也 岩巒若懸空 而下不可俯視 東有崒嵂撑突 略不相讓者曰香爐峯 西有蒼崖削出 壁立萬仞者曰毗盧峯 靑鶴兩三 栖其岩隙 有時飛出盤回 上天而下 下有鶴淵 黝暗無底 左右上下 絕壁環匝 層層又層 倏回倏合 翳薈蒙鬱 魚鳥亦不得往來 不啻弱水千里也 風雷交鬪 地闔天開 不晝不夜 便不分水石 不知其中隱有仙儔巨靈 長蛟短龜 互藏其宅 萬古呵護 而使人不得近也 或有好事者 斷木爲橋 僅入初面 刮摸苔石 則有三仙洞三字 亦不知何年代也 愚翁與舍弟及元生諸子 緣木而下 徘徊俯瞰而上 年少傑脚者 皆登香爐峯 還聚佛日方丈 喫水飯 出坐寺門外松樹下 亂酌無算 并奏歌吹 雷鼓萬面 響裂岩巒 東面瀑下 飛出百仞注爲鶴潭 顧謂愚翁曰 如水臨萬仞之壑 要下卽下 更無疑顧之在前此其是也 翁曰諾 神氣颯爽 不可久留 旋登後崗 歷探地藏菴 牧丹盛開 一朶如一斗猩紅 從此直下 一趨數里 方得一憩 纔熟羊胛 便到雙磎 初登上面 一步更難一步 及趨下面 徒自擧足 而身自流下 豈非從善如登 從惡如崩者乎 寅叔·剛而 登八詠樓以迎 夕與寅叔·愚翁 更宿後殿之東方丈

○ 二十日 入神凝寺 寺在雙磎十里許 間有殘店數家 到寺門前百步許七佛溪上 下馬列坐 溪水險隘 皆卸馬背負而渡 住持玉崙·持任允誼來迎 到寺未暇入門 徑趨前溪盤石 列坐其上 獨推坐寅叔·

剛而於最高石頭曰 君等雖至於顚沛 毋失此地 若置身下流 則不得上矣 笑曰 請毋失此坐 新雨水肥 激石噴碎 或似萬斛明珠 競瀉吐納或似千閃驚雷 沓作噫吼 恍如銀河橫截 衆星錯落 更訝瑤池燕罷 綺席縱橫 黝黝成潭 龍蛇之隱鱗者 深不可窺也 頭頭出石 牛馬之露形者 錯不可數也 瞿塘峽口 方可以喩其變化出沒 眞是化工老手戱劇無藏處也 相與睢盱褫魄 欲哦一句不得 一響歌吹 衆聲僅如大瓮中細腰之鳴 不能成聲 祇爲溪神之玩而已 寺僧爲具酒果盤盞以勞之吾亦以行中酒果 交酬迭作 據石蹈舞 盡歡而罷 植强吟一絕 水吐伊祈璧 山濃青帝顔 謙誇無已甚 聊與對君看 夕宿西僧堂 夜臥默誦 又以警人曰 入名山者 誰不洗濯其心 肯自謂曰小人乎 畢竟君子爲君子 小人爲小人 可見一曝之無益也

○ 二十一日 大雨 彌日不已 金思誠忽辭去 冒雨强出 白生惟良同出 三妓與樂工 并令偕出 等與湖南諸君 盡日坐沙門樓 觀漲

○ 二十二日 朝雨暮晴 溪水沒石 內外不通 有似白登之圍 人口無慮四十餘 恐粮地乏空 勘會槖藏 減饋平日之半 唯酒無量 或餘數十壺 諸君皆不喜飮故也 聞有湖南士人奇大升輩十一人 亦阻雨 登上峯未下云 雙磎·神凝兩寺 皆在頭流心腹 碧嶺揷天 白雲鎖門 疑若人煙罕到 而猶不廢公家之役 贏粮聚徒 去來相續 皆至散去 寺僧乞簡於州牧 以舒一分 等憐其無告 裁簡與之 山僧如此 村氓可知矣 政煩賦重 民卒流亡 父子不相保 朝家方是軫念 而吾輩自在背處 優游暇豫 豈是眞樂耶 寅叔請題硯袱一句 植寫曰 高浪雷霆鬪 神峯日月磨 高談與神宇 所得果如何 剛而繼寫 溪涌千層雪 林開萬丈靑 汪

洋神用活 卓立儼儀刑

○ 二十三日 朝欲出山 玉崙飯送之 頭流大小伽藍 不知其幾 獨神凝水石爲最 昔與成仲慮自上峯來尋 近三十載 後與河仲礪全夏來栖 又出二十載 二君皆已仙去 於今獨來 有若曾到河漢間 茫然不知何日泛查來也 法宮佛榻 揷起龍蛇牧丹 間以奇花 外面擧牖 亦揷桃菊花牧丹 五彩交輝 眩曜人目 皆是東土禪宮所未有也 寺去求禮縣津頭二十里 去雙磎十里 去沙惠菴十里 去七佛十里 去上峯一日道也 出到七佛溪上 玉崙·允誼 架木爲橋 橫截溪面 皆得穩步徐渡 沿溪下 到雙磎越邊 慧通·愼旭 涉水來送之 健僧數人 同來護涉 又下六七里 下馬欲濟 前日養馬者及村夫數人 烹鷄燒酒來饋之 岳陽吏編竹爲橋 皆得擔渡 溪水險急 白石粼粼 一行僕隷 亦無一人顚蹶者 可謂利涉矣 誰不欲利涉 猶時有利不利 抑命耶 渡溪未十里許 靑龍與其壻挈壺來 盤排魚肉 一似都市中物也 龍妻水金 舊居京師 爲有通門之恩 來見寅叔·剛而 衆皆調戱之 乘舟喫午飯 下泊岳陽縣前 入宿縣倉 剛而往見族叔母於縣東數里許

○ 二十四日 晨噉白粥 登東嶺 嶺曰三呵息峴 嶺高橫天 登者數步三呵息 故名之 頭流元氣 到此百里來 偃蹇而猶未肯小下者也 愚翁乘剛而馬 獨鳴鞭先登 立馬第一峯頭 下馬據石而揮扇 衆皆寸寸而進 人馬汗出如雨 良久乃至 植忽面折愚翁曰 君憑所乘之勢 知進而不知止 能使他日趨義 必居人先 不亦善乎 翁謝曰 吾已料君應有峭說 吾果知罪 剛而顧視頭流 陰雲掩翳 不知所在 乃嘆曰 山莫大於頭流 近在一望之中 衆人瞪目而視之 猶不得見 況賢不能大於頭流

近不能接於目前 明不能察於衆見者乎 相與四顧流觀 東南面蒼翠最高者 南海之殿也 正東之彌漫蟠伏 波浪相似者 河東·昆陽之山也 又東之隱隱嵩天如黑雲者 泗川之臥龍山也 其間如血脉之交貫錯綜者 江河海浦之經絡去來者也 山河之固 不啻魏國之寶 臨萬頃之海 據百雉之城 猶爲島夷小醜 重困蒼生 寧不爲嫠緯之憂乎 晩到橫浦驛 饑甚 啗寅叔行箱中果子·乾雉 飮秋露一勺 午到頭理峴 下馬憩樹下 渴甚 人各飮冷泉數瓢下 忽有芒鞋襦直領人下馬 翩翩而過 見剛而 輒坐 問其所之 乃光陽校官也 有雄雉口桀口桀而鳴 李栢挾弓飮𦉪 邏繞之 雉忽飛去 衆皆笑之 方在雲水中 非雲水則不入眼纔到下界 所見無他 廣文之過 山鷄之飛 猶足以掛眼 所見如何不養乎 夕到旌樹驛 舘前竪有鄭氏旌門 鄭氏 趙承宣之瑞之妻 文忠公鄭夢周之玄孫 承宣 義人也 高風所擊 隔壁寒慄 知燕山不克負荷 退居十餘年 猶不得免 夫人沒爲城朝 乳抱兩兒 背負神主 不廢朝夕祭 節義雙成 今亦有焉 看來高山大川 非無所得 而比韓鄭趙三君子於高山大川 更於十層峯頭冠一玉也 千頃水面 生一月也 海山三百里 獲見三君子之跡於一日之間 看水看山 看人看世 山中十日好懷 翻成一日不好懷 後之秉鈞者 來此一路 不知何以爲心耶 且看山中題名於石者多 三君子不曾入石 而將必名流萬古 曷若以萬古爲石乎 泓之又令饔人致饎於驛 已四五日矣 李生員乙枝·曹秀才元佑來見及昏 乙枝嚴君以酒來 趙光玥亦來 夜就郵店 一室僅如斗大 佝僂而入 房不展脚 壁不蔽風 方初怫然如不自容 旣而四人抵頂交枕 甘寢度夜 可見習狃之性 俄頃而便趨於下也 前一人也 後一人也 前入青

鶴洞 若登閬風 猶以爲不足 又入神凝洞 方似上瑤池 猶以爲不足 又欲跨漢入靑霄 控鶴沖空 便不欲下就塵寰 後之屈身於坏塿之間 又將甘分然 雖是素位而安 可見所養之不可不高 所處之不可小下也 亦見爲善由有習也 爲惡由有狃也 向上猶是人也 趨下亦猶是人也 只在一擧足之間而已

○ 二十五日 爲朝飯于驛舘者 各欲散去 黯然疚懷 暫許少頃留連也 寅叔居漢城 剛而歸泗川 愚翁歸草溪 植居嘉樹 泓之居三山 行年五十·六十·近七十 各在數百里·五百里·近千里 他日盍簪 正似難期 寧不慨然惜別乎 剛而酌酒持滿曰 此別寧有說乎 擊目忘言 果有是也 衆皆忘言 遽上馬去 到七松亭 登上高臺 舟渡多會灘 寅叔沿江而下 剛而更到一里而別 吾與愚翁 踽踽而來 茫然已失之矣 夕宿雷龍舍 又別愚翁 弦矢初分 落落晨星 當此沉懷 正似春女然 諸君以余頻入頭流 因知山間事者也 令余記之 余嘗往來玆山 曾入德山洞者三 入靑鶴·神凝洞者三 入龍遊洞者三 入白雲洞者一 入獐項洞者一 豈直爲貪山貪水而往來不憚煩也 百年齋計 唯欲借得華山一半 以作終老之地已 事與心違 知不得住 徘徊顧慮 涕洟而出 如是者 十矣 於今匏繫田舍 作一行屍 此行又是難再之行 寧不悒悒 嘗有詩曰 頭流十破死牛脇 嘉樹三巢寒鵲居 又曰 全身百計都爲謬 方丈於今已背盟 諸君皆是失路之人 何但僕栖栖無所歸耶 祇爲沉酩者先道之 爲副封焉 南冥 曹植 楗仲 記

■ 강정화

국립경상대학교 한문학과 졸업, 동 대학교 문학박사
(현)동 대학교 경남문화연구원 인문한국(HK)교수

주요 논저
저역서로는 『지리산, 인문학으로 유람하다』(공저), 『선인들의 지리산 유람록 1~6』(공역), 『남명과 그의 벗들』 등이 있으며, 「한말 지식인의 지리산 유람」, 「지리산 유람록으로 본 최치원」 등 지리산과 관련한 다수의 논문이 있다.

■ 황정빈

진주여자고등학교 2학년 재학
만화가 지망생

남명과 지리산 유람

인　　쇄　2013년 5월 15일 초판 인쇄
발　　행　2013년 5월 20일 초판 발행
글 쓴 이　강정화 · 삽 화　황정빈
발 행 인　한정희
발 행 처　경인문화사
등록번호　제10-18호(1973년 11월 8일)
주　　소　서울시 마포구 마포동 324-3 경인빌딩
대표전화　02-718-4831~2 · 팩 스　02-703-9711
홈페이지　http://kyungin.mkstudy.com/
이 메 일　kyunginp@chol.com

ISBN 978-89-499-0939-4 03810
값 11,000원